Exbrayat

Imogène est de retour

ÉDITIONS DU MASQUE
17, rue Jacob, 75006 PARIS

ISBN 978-2-7024-3368-3

I

La nouvelle prit le pays au dépourvu.

Ce matin de septembre, la petite ville de Callander s'étirait paresseusement dans les premières brumes automnales. Le feuillage des arbres tournait au pourpre et, à quelques miles de la cité, les Trossachs se couvraient d'or comme si Dieu entendait préparer un cadre digne de lui à Bob Roy revenu du fond des âges au galop de son cheval en compagnie de ses fidèles chers. La période du tourisme touchait à sa fin et Callander s'apprêtait à s'endormir sans regret dans le long repos de la mauvaise saison. Au *Fier Highlander,* le garçon Thomas, une serviette nouée autour du cou pour se protéger de la poussière, commençait — bâillant à se décrocher la mâchoire — à balayer le plancher et à ramasser tous les mégots que la veille au soir, les joueurs de fléchettes avaient négligemment jetés sur le plancher. Chaque fois qu'il entreprenait le nettoyage de l'établissement, Thomas maudissait le régime capitaliste permettant qu'un malheureux salarié soit obligé de se lever avant ses patrons. Tout en maniant le manche à balai, Thomas prêtait de temps à autre l'oreille en direction de la porte derrière laquelle Ted Boolitt et sa femme Margaret, propriétaires du *Fier Highlander,* dormaient d'un sommeil jugé capitaliste par leur employé qui, prenant la cible du jeu de fléchettes pour auditeur, lui affirmait qu'en Russie ça ne se passait sûrement pas comme ça ! Là-bas, les patrons devaient, un jour sur deux, préparer le thé pour ceux qui, d'ordinaire, les servaient. D'ailleurs, ces lois monstrueuses dont il s'estimait victime, Thomas se persuadait qu'on les tenait des Anglais qui les inventèrent en prévision du jour où ils auraient loisir d'imposer leur volonté aux Ecossais. Et qui pourrait attendre quelque chose de bon d'un Anglais ? Thomas se mit à balayer avec une vigueur inhabituelle qui eût bien surpris un client entrant à l'improviste et ignorant que le garçon rêvait du jour où, venus des Highlands, des Lowlands et des Borders, de Thurso à Gretna Green, de Fraserburgh à Port-Patrick, les hommes des clans, reprenant la tâche abandonnée six siècles et demi plus tôt par Robert Bruce, arracheraient le vieux pays à la domination anglaise et vengeraient la défaite de Bonnie Prince Charlie à Culloden !

Pendant que son mari Léonard achevait son breakfast, Mrs Elroy lui annonça :

— Mrs Frazer m'a dit que ce couple qui a loué les Primevères cherchait une femme de ménage. Je pourrais peut-être aller me présenter ?

— Si vous voulez... Qui sont ces gens ?

— Je ne sais pas. Ils s'appellent Boyd...

Léonard posa sa fourchette et son couteau, puis d'une voix sévère :

— Ce sont des Anglais ?

Mrs Elroy se redressa pour répliquer vertement :

— Je l'ignore. En tout cas, Léonard, après cinquante ans de vie commune, je pense que vous me respectez assez pour être convaincu que si ce sont des Anglais, je n'irai même pas les voir ?

— Je l'espère. Il n'y a jamais eu de traître dans notre famille, Rosemary !

William Mc Grew enlevait, en soupirant, les volets de bois protégeant la porte et la devanture de son épicerie. William McGrew tournait depuis quelque temps à la mélancolie. Il s'ennuyait à Callander et supportait de moins en moins le caractère de sa femme Elizabeth. Il y avait des jours, comme celui-là, où il se sentait fatigué avant même d'avoir commencé à travailler. La perspective des longues heures à tuer avant de regagner le lit où il pouvait rêver d'évasions que le retour du soleil faisait paraître absurdes, le décourageait. Sa seule distraction consistait à parier avec lui-même laquelle se présenterait la première au magasin, de Mrs Plury, Mrs Frazer ou Mrs Sharpe ?

Dans la petite chambre qu'il occupait chez la veuve Lewis, le constable Samuel Tyler enfilait, en geignant, ses pieds douloureux dans ses grosses chaussures. Ainsi qu'il en avait l'habitude chaque matin, avant de sortir de chez lui, il arracha un feuillet à l'éphéméride, et se rasséréna en songeant qu'il fêterait bientôt son cinquante-troisième anniversaire et que, dans deux ans, il prendrait sa retraite.

Peter Cornway se demandait à quoi il servait sur cette terre. Ce retour morose sur lui-même tenait non seulement à ce qu'il avait un peu abusé du whisky avant de se coucher, mais encore à ce que depuis trois semaines, personne n'était mort à Callander et qu'il n'avait donc pas eu l'occasion de préparer un cercueil dont la fabrication comptait parmi les quelques activités le faisant vivre. De plus, coroner, il se désolait qu'on n'ait pratiquement jamais recours à ses services.

Le maire de Callander, Harry Lowden, apportait un soin particulier à sa toilette car il devait présider une réunion du conseil municipal où l'on discuterait de la reconduction de la location du champ de Keith McCallum utilisé comme terrain d'entraînement par l'équipe de rugby locale.

Jonathan Elscott, le médecin, préparait sa trousse. Il était inquiet pour Fiona Campbell dont l'anémie ne semblait pas s'arranger.

Au bord du loch Vennachar, Jefferson McPuntish, propriétaire de l'hôtel du *Cygne Noir* se leva d'humeur chagrine. La saison n'avait pas été ce qu'il espérait au printemps dernier et il n'aimait pas le nouveau pensionnaire, ce vieil Anglais arrivé la veille avec le mince bagage d'un homme n'ayant guère les moyens de dépenser beaucoup. Il mangerait ce qu'on lui servirait et s'il n'était pas content, il n'aurait qu'à filer. Au surplus, chacun sait que les Anglais mangent n'importe quoi, pourvu qu'on leur fournisse de la Worcestershire Sauce, de la Tomato Ketchup et de la HP Sauce.

Le sergent Archibald McClostaugh entra d'un pas guilleret dans son bureau où il resterait toute la journée dans l'attente improbable d'un événement risquant de troubler l'ordre public. Bien que né dans les Borders, Archibald McClostaugh avait demandé à finir son temps de service à Callander réputé pour la douceur de son climat et sa tranquillité. Pour la douceur du climat, il estimait n'avoir pas été trompé ; pour la tranquillité non plus, à part cette série d'événements sanglants qui... mais il préférait ne pas penser à cette époque heureusement révolue. Archibald rayonnait car c'était le jour où le *Times* proposait à la sagacité de ses lecteurs un problème d'échecs que le sergent employait la semaine à résoudre dans l'espoir, jusqu'ici déçu, de gagner l'abonnement offert par le grand journal londonien aux plus perspicaces. Mais McClostaugh aimait le jeu pour le jeu. Aussi, dès qu'il eut ôté sa coiffure et déboutonné sa tunique, il sortit son échiquier, plaça ses pièces, se prépara une tasse de thé qu'il arrosa d'une large rasade de whisky, bourra sa pipe et, l'âme en paix, ouvrit le *Times* à la page où se trouvait la rubrique des échecs.

Ainsi commença à Callander, orgueil du comté de Perth, une journée semblable à toutes les autres et que rien ne paraissait devoir troubler.

Laissant refroidir son thé, Archibald McClostaugh se demandait anxieusement s'il devait se conformer à la stratégie classique en essayant de creuser une brèche dans la défense des noirs par l'avance de ses pions blancs ou si, au contraire, il rechercherait l'effet de surprise au moyen d'une attaque combinée des deux ailes par le truchement des cavaliers, lorsque le constable ouvrit la porte avec une telle violence que le sergent sursauta et en perdit le fil de son raisonnement. Le cri de colère qui montait de son cœur, indigné par ce grossier manquement aux usages en honneur dans la police de Sa Gracieuse Majesté, expira sur ses lèvres lorsqu'il vit le visage de son subordonné. Tyler, livide, les joues tremblantes sous l'effet d'une intense émotion, les jambes flageolantes, ouvrant et fermant spasmodiquement la bouche, pareil à un asphyxié. Archibald se leva pour tonner :

— Samuel, qu'est-ce que ça signifie ?

Le constable voulut parler et n'y parvint pas, comme une boule lui obstruait la gorge. Dans un geste instinctif, il s'empara de la tasse de thé posée sur le bureau de son supérieur et la but d'un trait. Ce fut au tour du sergent de béer d'étonnement avant de réaliser ce sans-gêne, qui relevait de l'anarchie, en même temps que du mépris affirmé du respect hiérarchique. Archibald hurla :

— Tyler, je vais vous faire révoquer !

La menace rendit ses esprits à Samuel qui protesta :

— A deux ans de la retraite ?

— A deux ans ou à deux jours, je m'en fiche !

— Sergent...

— Enfin, par les cornes du diable, Tyler, vous rendez-vous compte que vous vous conduisez comme... comme... comme un communiste ?

— Sergent !

— Sergent, sergent... Vous ne savez pas dire autre chose ? Enfin, allez-vous parler et me raconter ce qui est arrivé ?

— Elle est revenue !

Archibald McClostaugh examina son subordonné avec attention et conclut :

— Il n'est quand même pas concevable, constable Tyler, que vous soyez déjà soûl à cette heure-ci ?

— Mais, sergent, vous n'avez pas entendu ? ELLE EST RE-VE-NUE !

— Mais qui ? tonnerre de Dieu !

— Imogène McCarthery !

Il y eut soudain un silence pesant que McClostaugh creva d'un véritable hurlement :

— Non !

— Si...

Et Tyler, épuisé, sans attendre d'y être invité, se laissa tomber sur une chaise. Mais le sergent était maintenant à mille lieues de prêter attention à cette nouvelle infraction du constable. Abruti, affolé, il tentait vainement de mettre deux idées à la suite l'une de l'autre. N'y parvenant pas, il se rassit dans son fauteuil, le regard vague, le sang aux tempes. Il ne sortit de son hébétude que pour émettre une sorte de râle où Samuel crut entendre :

— Ce n'est pas possible...

— Hélas... si !

— Mais... quand ?

— Tout à l'heure, au train de 8 h 10.

— Et on n'a pas encore signalé de cadavre ?

— Pas encore... mais ça ne saurait tarder si tout se passe comme la dernière fois.

Thomas balayait le trottoir devant le *Fier Highlander* lorsque Mrs Frazer, qui voulait être la première à annoncer la nouvelle à son amie Elizabeth McGrew, l'épicière, ne put résister au plaisir d'informer le garçon qui la saluait par ces mots :

— Une belle journée qui se prépare, Mrs Frazer !

— Je n'en suis pas tellement certaine, Thomas...

L'autre la regarda avec des yeux ronds.

— Et pourquoi donc, Mrs Frazer ? Quelque chose qui ne va pas chez vous ?

— Ce serait plutôt pour Callander tout entier que les choses risquent de mal tourner !

Et, triomphante, elle clama plus qu'elle ne dit :

— Imogène, McCarthery est de retour !

De saisissement, Thomas laissa choir son balai et tandis que Mrs Frazer se hâtait vers l'épicerie dans la crainte d'avoir été devancée par Mrs Plury ou Mrs Sharpe, il bondit littéralement à l'intérieur du café où Ted Boolitt buvait son premier petit verre de gin. L'irruption de Thomas le fit s'étrangler et il dut précipitamment boire un second petit verre pour échapper à la suffocation. Après quoi, il beugla :

— Et alors, mon garçon, ce sont des manières ça ? Le monstre du Loch Ness se promènerait dans les rues de Callander en quête de journalistes à qui raconter son enfance que vous n'agiriez pas autrement !

Mais Thomas pensait à tout autre chose qu'à écouter les sarcasmes de son patron et, tout à trac, il lâcha :

— Imogène McCarthery est ici !

Du coup, Ted se jeta sur la bouteille de gin qu'il empoigna au goulot pour boire à la régalade et Margaret, sa femme, qui entrait faillit s'évanouir d'horreur. Elle ne put que gémir :

— Oh ! Ted... en êtes-vous donc là ?

Surpris, Boolitt retira le flacon de ses lèvres en oubliant de le relever, si bien que l'alcool coula entre sa chemise et sa peau et ce fut à son tour de crier :

— Vous êtes toujours la même, Margaret ! Vous voyez le mal partout !

— Je vous ai vu en train de boire à la bouteille comme l'ivrogne que vous êtes !

— Mais savez-vous pourquoi je buvais ?

— Parce que vous êtes un individu méprisable !

— Parce qu'Imogène McCarthery est de retour !

Mrs Boolitt ne répondit pas tout de suite et quand elle le fit, ce fut pour dire d'une toute petite voix :

— Je crois que je prendrai, moi aussi, une goutte de gin, Ted.

Boolitt servit sa femme, se reversa encore un petit verre et parce que la nouvelle le transportait d'enthousiasme, il en offrit un à Thomas, sidéré de cette générosité, puis levant son verre :

— A la santé d'Imogène McCarthery qui va apporter un peu d'animation dans notre cher vieux Callander !

★

Léonard Elroy avait déjà quitté sa maison depuis deux minutes pour aller occuper son poste de pointeur chez Gavin McFarlan lorsqu'il rencontra Fergus McIntyre, le garde-pêche, qui le mit au courant. En dépit du risque d'arriver en retard à son travail, Léonard revint en vitesse sur ses pas pour prévenir sa femme. Cette dernière était occupée à nettoyer la chambre. Son mari l'appela de la rue ; elle se pencha à la fenêtre :

— Qu'est-ce qui se passe, Léonard ? Vous avez oublié quelque chose ?

— Votre ancienne patronne est de retour à Callander !

— Mon ancienne...

— Imogène McCarthery !

Mrs Elroy porta la main à sa poitrine comme si son cœur cessait subitement de battre et elle ferma les yeux pour mieux résister à la douleur qui la traversait. Insouciant de l'émoi pourtant visible de son épouse, Léonard repartait à grandes enjambées. Mrs Elroy lui en voulut de son indifférence, mais peut-être celle-ci n'était-elle qu'apparente, car elle le soupçonnait de nourrir une sympathie inavouée pour Miss McCarthery, l'indomptable Ecossaise. Bien qu'elle s'en défendît, Mrs Elroy ne pouvait oublier qu'elle avait servi le père d'Imogène et vu naître cette dernière. Pour être tout à fait franche vis-à-vis d'elle-même, elle reconnut que dans la querelle ayant provoqué leur rupture, les torts pouvaient être de son côté.

Malgré sa hâte, Mrs Frazer n'arriva que seconde chez Mrs Elizabeth McGrew. Cette maudite bavarde de Mrs Sharpe était déjà là. L'épicière se trouvait donc au courant, de même que Mrs Plury qui se présenta au même moment que Mrs Frazer. Réduites aux commentaires, ces dames y allaient bon train lorsque William McGrew surgit du plancher où s'ouvrait la trappe de la cave. Dès qu'il fut suffisamment visible pour être salué, c'est-à-dire quand il eut émergé à mi-corps, les trois visiteuses, après quelques banalités protocolaires lui révélèrent la grande nouvelle toutes à la fois, si bien que William n'y comprit rien. Cependant, la fébrilité de ces dames le surprit assez pour qu'il arrêtât son ascension et ce fut à l'état d'homme-tronc qu'il cria :

— Une minute ! je vous prie...

Elles se turent car bien que William filât doux devant sa femme, il leur en imposait. Etant veuves toutes les trois, elles avaient perdu la mémoire des défauts masculins et inclinaient à idéaliser l'homme maintenant qu'elles n'en possédaient plus à leur côté. L'épicier s'enquit :

— Et alors ?

Elles s'apprêtaient à repartir d'un même élan dans leurs explications lorsque Elizabeth McGrew leur coupa la parole :

— William McGrew, vous feriez mieux d'achever votre tâche plutôt que de vous mêler de ce qui ne vous regarde pas !

Ces dames jugèrent que l'épicière exagérait quelque peu et qu'elle n'avait pas le droit d'humilier un garçon qui était son mari. Se sentant obscurément soutenu, William rétorqua avec ce calme que donne le bon droit :

— J'estime, Mrs McGrew, que chez moi, j'ai le devoir de connaître ce qui s'y passe.

— Si j'étais vous, William, la bouche me brûlerait de parler de devoir ! Un homme incapable de fonder une famille...

William McGrew baissa la tête. Tout le monde, à Callander, savait qu'il ne pouvait avoir d'enfant, mais les clientes estimèrent que le lui rappeler sans cesse en public relevait d'une cruauté inutile. Amer, William remarqua avec beaucoup de dignité :

— Et moi, je vous dis, Elizabeth McGrew, qu'elle ne plaît pas au Seigneur la femme qui ne respecte pas celui que le ciel lui a donné pour époux et qu'elle en rendra compte !

— En attendant, finissez donc votre travail, vous nous ferez vos discours après !

Mrs Sharpe sentait le sang bouillir dans ses veines et au risque de s'attirer l'inimitié de l'épicière, elle lança :

— Imogène McCarthery est de retour !

Le choc fut si grand, que William dut se raccrocher d'une poigne solide au plancher pour ne pas choir dans la cave et ce fut miracle s'il ne lâcha point le panier à bouteilles qu'il remontait. Les autres guettaient sa réaction. Ayant recouvré son sang-froid, il déclara :

— Eh bien ! je ne suis pas fâché de cette nouvelle... J'ai beaucoup d'estime pour Miss McCarthery, une fille d'Ecosse qui fait honneur au vieux pays.

Achevant sa montée, il ajouta à mi-voix :

— ... et beaucoup qui la critiquent ne lui arrivent pas à la cheville...

Mrs Sharpe, Mrs Frazer et Mrs Plury passèrent sur

leurs lèvres une langue gourmande ; elles s'apprêtaient à se régaler d'une fameuse scène de ménage. Sous l'affront qui l'atteignit dans l'anonyme comparaison suggérée par son mari, Elizabeth manqua se répandre en invectives grossières, mais se souvenant qu'elle avait été bien élevée, elle se contraignit à prendre le ton de l'épouse irréprochable et publiquement outragée :

— William McGrew, vous...

— Où dois-je mettre le pétrole, Elizabeth ?

Cette demande terre à terre eut pour effet de briser la tension régnant dans le magasin et lorsque l'épicière répondit :

— Sur le dernier casier à côté des produits d'entretien ! les visiteuses surent qu'elles seraient frustrées du régal espéré.

Peter Cornway rabotait sans la moindre conviction une planche de sapin dont il ignorait encore l'usage futur lorsque le petit Neil McFadden, passant la tête par la fenêtre, l'appela :

— Hé ! Mr Cornway ?

Le coroner-menuisier leva la tête :

— Qu'est-ce que tu veux, Neil ?

— Vous connaissez la nouvelle ?

— Quelle nouvelle ?

— Imogène McCarthery est là !

Le gosse disparut dans un galop qui résonna dans l'atelier où Cornway, figé sur place, assimilait ce qu'il venait d'entendre et quand, enfin, il eut réalisé, il se précipita au téléphone pour alerter Dermot McIntosh, le marchand de bois de Dun-blane, et lui passa une commande de planches à cercueil sur un tel ton que son interlocuteur crut qu'une épidémie terrible venait de s'abattre sur Callander.

En entrant dans la salle du conseil municipal, Harry Lowden, le maire, constata avec amertume que nul ne semblait prêter attention à son arrivée.

Les conseillers municipaux, groupés autour de Ned Billings, le secrétaire, écoutaient ce dernier et ponctuaient son discours d'exclamations marquant assez leur intérêt passionné. Un instant, Lowden soupçonna qu'il s'agissait d'un complot contre sa personne, mais son bon sens lui suggéra que, dans ce cas, les conjurés montreraient plus de discrétion. D'ailleurs, Ned, qui l'avait aperçu, écartait tout le monde pour se précipiter vers lui.

— Harry ! Vous êtes au courant ?

— De quoi ?

— Du retour d'Imogène McCarthery ?

Le maire laissa échapper un des plus effroyables jurons qui aient jamais retentis sur la terre écossaise. Mais Lodwen savait se retrouver dans les grandes occasions. Il se redressa et de sa voix de chef qui, dans les réunions électorales, intimidait toujours les contradicteurs, il ordonna :

— Gentlemen, après ce que nous venons d'apprendre, je propose que nous abandonnions la discussion prévue au sujet du champ de Keith McCallum et que nous étudiions les mesures d'urgence à prendre, au cas où Miss McCarthery n'aurait rien perdu de ses anciennes habitudes...

Jefferson McPuntish que la solitude éprouvait, décida d'aller à Callander boire un verre au *Fier Highlander,* mais à moins d'un mile de chez lui, il se heurta à Fergus McIntyre, le garde-pêche, qui lui apprit le retour d'Imogène. L'hôtelier ne sut que pousser un soupir et plantant là McIntyre (qui devait lui garder longtemps rancune de son impolitesse), il retourna à toute vitesse au *Cygne Noir* pour ordonner à son personnel de ne pas perdre de vue une grande femme aux cheveux rouges si jamais elle se présentait à l'hôtel.

Au chevet de Fiona Campbell, Jonathan Elscott cherchait ce qu'il allait ordonner à sa malade dont l'apathie l'inquiétait. Il avait l'impression que Fiona n'éprouvait plus le goût, la volonté de vivre. Soudain, semblant se moquer éperdument du calme conseillé à l'alitée, sa sœur cadette Mairi fit irruption dans la chambre :

— Fiona, Fiona ! Imogène McCarthery est ici !

La malade s'assit d'un élan.

— Où ? Chez nous ?

— Non, chez elle...

— Passe-moi mes pantoufles et ma robe de chambre ! Au revoir, docteur...

Elscott voulut protester :

— Mais, ma chère amie, prenez garde ! votre santé...

— Vous ne pensez tout de même pas que je resterai couchée quand Imogène se promène dans Callander ! D'ailleurs, je sens que je vais beaucoup mieux et une bonne goutte de whisky me remettra tout à fait d'aplomb !

En remontant dans sa voiture, Jonathan Elscott s'avouait qu'après quarante années d'exercice de la médecine, il ne comprenait toujours rien aux malades. Mais si Fiona Campbell semblait anxieuse de rencontrer Miss McCarthery, il se promettait quant à lui d'éviter la moindre relation avec cette amazone à la chevelure flamboyante dont il gardait un épouvantable souvenir.

Pendant ce temps, celle qui suscitait cet émoi dans Callander, Imogène McCarthery, se réinstallait dans la vieille demeure familiale. Sur la commode de sa chambre, elle déposa les photographies qui ne la quittaient jamais. D'abord celle de son père, le capitaine Henry, James, Herbert McCarthery, ex-officier de l'armée des Indes qui avait donné sa démission le jour où l'on parla de supprimer le kilt chez les fusiliers écossais. L'amour filial inclinait Imogène à voir de l'intelligence et de la superbe dans les yeux globuleux de son ivrogne de père, que le whisky avait fini par tuer. Puis elle plaça près de son père la reproduction de son héros familier, Robert Bruce, champion de l'indépendance écossaise. Emue, elle ajouta la photographie de l'inspecteur-chef Douglas Skinner qui, avant de tomber en service commandé, lui avait demandé sa main. Désormais, Imogène acceptait de vieillir entre ces ombres tutélaires. Contrairement à ce que redoutaient ou espéraient les habitants de Callander, elle n'aspirait qu'à la paix. Si elle était revenue au pays natal après trois ans d'absence, c'est qu'elle allait être atteinte par la limite d'âge et que, quittant les services de l'Amirauté où elle occupait un emploi de chef de bureau, il lui faudrait vivre de sa maigre pension. Où serait-elle mieux pour ce faire qu'à Callander, où elle avait vu le jour et où les siens reposaient ?

Imogène McCarthery comptait cinquante-trois printemps. Il n'y paraissait guère. Sa chevelure rouge n'acceptait pas le moindre cheveu gris. La culture physique, pratiquée régulièrement, lui évitait tout empâtement. Elle demeurait, la cinquantaine passée, ce qu'elle était à trente ans : une grande fille de cinq pieds dix pouces, à la peau laiteuse, osseuse et plate tant par-devant que par-derrière, remplie d'une énergie que le temps n'émoussait pas et aussi du plus affreux caractère qu'on ait jamais connu en Ecosse, ce qui justifiait le surnom donné par ses collègues vingt-cinq ans plus tôt : the red bull — le taureau rouge.

Assise dans le fauteuil de sa chambre, Imogène se rappelait son dernier séjour qui l'avait transformée en héroïne, blâmée par les gens respectables de Callander n'admettant pas qu'une femme puisse tuer des espions, mais admirée par ceux qu'émerveillait l'énergie de la fille d'Ecosse. Miss McCartherie s'attendrit en songeant à l'inspecteur-chef Douglas Skinner qui, après l'avoir sauvée plusieurs fois, s'était épris d'elle. S'il vivait encore, elle serait Mrs Skinner maintenant... Elle rêva à Nancy Nankett, longtemps tenue pour son amie la plus chère et qui vieillissait en prison. Peu à peu, elle s'enlisait dans les souvenirs mélancoliques du passé. Mais elle n'était pas femme à se laisser aller ! Son regard s'arrêta sur le portrait de Robert Bruce et il lui parut que le vainqueur de Bannockburn la contemplait d'un œil sévère, en s'étonnant d'une défaillance qu'il ne comprenait pas. Elle se leva et, très raide, face à ses protecteurs, elle dit d'une voix ferme :

— Père, Robert, Douglas, comptez sur moi ! Vive l'Ecosse !

Et, oubliant que son père, comme Skinner d'ailleurs, avait été au service de la Couronne, de cette même Couronne pour laquelle elle avait elle-même combattu et risqué sa vie, elle ajouta avec un bel illogisme :

— Et à bas l'oppresseur anglais !

Elle renforça ses convictions d'une solide rasade de whisky, lequel, bu sous le ciel du vieux pays, possédait un tout autre goût qu'à Londres. A dire vrai, Imogène ne s'était décidée qu'avec peine à revenir à Callander, car elle ne savait pas trop comment on l'y accueillerait, mais elle ne pouvait envisager de vendre la maison paternelle, et puis estimant qu'une McCarthery ne recule devant rien, même pas devant l'opinion publique, elle avait pris son billet. Maintenant, il lui fallait affronter le pays. Elle s'y décida.

Pendant que le constable Samuel Tyler arpentait les rues de Callander pour tâter l'opinion au sujet du retour d'Imogène, le sergent Archibald McClostaugh n'éprouvait plus l'envie d'étudier son problème d'échecs, ce qui dénotait chez lui la preuve d'un grand désarroi. Vainement, puérilement, il tentait de se persuader que Tyler avait été victime d'un mauvais plaisant et que jamais on ne reverrait Imogène à Callander.

Comme à son habitude, elle entra sans frapper.

— Bonjour, Archibald McClostaugh !

Le sergent ferma les yeux, crispa les mâchoires, se

cramponna au bord de la table et comme l'alcoolique en proie à d'épouvantables visions tente de les dissiper en les niant, il gémit d'une voix étranglée :

— Non ! non ! non !...

Etonnée, Miss McCarthery se pencha vers le policier.

— Quelque chose qui ne va pas, sergent ?

Archibald n'ouvrit qu'un œil, mais un œil dilaté par l'effroi.

— Ce n'est pas vrai ! Vous n'êtes pas là ! C'est ma digestion qui me joue ce tour ! Vous n'existez pas !

— Ah ça ! Archibald McClostaugh, vous êtes ivre ou quoi ?

Ce ton ! Cette voix qui lui vrillait le crâne, il l'aurait reconnue entre cent mille ! Elle était bien là, inutile de nier plus longtemps l'évidence ! Alors, une colère énorme, une colère écossaise l'empoigna. Il se leva et brandissant vers la visiteuse un doigt vengeur, il hurla avec toute la conviction désespérée du persécuté :

— Imogène McCarthery, qu'est-ce que vous venez faire ici ?

— Mais... vous saluer.

Le sergent s'attendait à tout sauf à ça. Il en demeura interdit, balbutiant :

— Me saluer ?

— En souvenir des bons moments d'autrefois.

Il eut une sorte de sanglot rauque fort émouvant :

— Les bons moments !

Se reprenant, il avança, menaçant :

— Bons moments, hein ? On vivait tranquille ici, on ne demandait rien à personne, personne ne se souciait de nous et voilà qu'il y a trois ans débarque une espèce de grande Ecossaise aux cheveux rouges et tout de suite, c'est l'enfer !

— Archibald, vous exagérez !

— J'exagère ? Combien de cadavres avez-vous laissés derrière vous ?

— A peine deux !

Le sergent eut un rire désespéré qui ressemblait à un croassement :

— A peine deux ! plus un ou deux aussi à Edimbourg...

— Deux.

— Ça fait quatre, non ?

— Et alors ?

— Et alors, si chacun de nous agissait comme vous, en combien de temps l'Angleterre serait-elle dépeuplée ?

— Mais, voyons, Archibald, il s'agissait d'ennemis de l'Angleterre !

— Et qui vous a chargée de défendre l'Angleterre ?

— Mes supérieurs !

Le policier ricana avec mépris :

— J'ignorais que vous aimiez tant les Anglais ?

— Je n'aime pas les Anglais, mais j'aime encore moins les espions, surtout quand ils se sont mis en tête de me tuer !

— C'est curieux... Moi, ce serait plutôt cette inclination qui me les rendrait sympathiques...

— C'est bien. Je constate que vous n'avez pas changé, Archibald McClostaugh. D'ailleurs, tous les gens nés dans les Borders n'ont jamais brillé ni par l'intelligence, ni par le cœur ! C'est bien connu ! vous êtes toujours prêts à trahir...

— En tout cas, il y a une chose que je ne trahirai pas, Miss McCarthery, c'est le devoir qui m'incombe de maintenir l'ordre à Callander ! Je vous avertis qu'à la moindre incartade de votre part, au plus petit cadavre que vous rencontrerez sur votre route, je vous enferme et quand je devrais tenir tête au Parlement lui-même, je ne vous lâcherai pas ! Je préférerais vous abattre de ma propre main !

— Assassin !

— Pas encore mais il ne tient qu'à vous que j'en devienne un ! Asseyez-vous !

Sans s'en rendre compte, Imogène obéit.

— Ce n'est pas moi qui vous ai appelée, n'est-ce pas ?

— J'étais venue vous dire bonjour...

— Me dire bonjour ? Mais pour que ce jour soit bon en ce qui me concerne, il faudrait que vous boucliez vos valises et que vous filiez définitivement par le prochain train !

— N'y comptez pas !

— Imogène McCarthery, êtes-vous de nouveau en mission ?

— Non.

— Quelque espion est-il signalé dans les parages ?

— Pas que je sache.

— J'en prends note. Alors, que faites-vous à Callander ?

— J'ai l'intention de m'y reposer.

Dégoûté, Archibald secoua la tête comme peut le faire un honnête homme placé en face de l'hypocrisie la plus cynique.

— Vous y reposer ! On sait ce que vous appelez vous reposer, Imogène McCarthery, et ce genre de repos, je ne l'admets pas ! D'ailleurs, le bruit n'a-t-il pas couru que vous deviez vous marier ?

— Oui, avec l'inspecteur-chef Douglas Skinner.

— Et il a reculé au dernier moment, hein ?

— On l'a tué...

— Je suis navré, mais, dans un sens, ça valait mieux pour lui !

Miss McCarthery se leva lentement et, d'une voix glacée :

— Qu'entendez-vous exactement par là, Archibald McClostaugh ?

— Qu'il est préférable pour un homme de mourir en service que de lier son sort à une fille de votre espèce !

La gifle arriva si vite que le policier ne put esquisser le moindre geste de défense et le constable Samuel Tyler qui possédait le don étonnant de toujours être là au moment inopportun s'immobilisa, ahuri, sur le seuil du bureau. Après un instant de flottement, McClostaugh nota froidement :

— Vous reconnaissez, Imogène McCarthery, que vous avez frappé un sergent de la police de Sa Gracieuse Majesté dans l'exercice de ses fonctions ?

— Non.

— Comment ça, non ?

Avec un sourire désarmant, Imogène ajouta :

— Je serais bien incapable de lever la main sur un représentant de la police !

— Ah ? c'est ainsi ? Vous oubliez qu'il y a un témoin ?

— Un témoin ? quel témoin ?

— Le constable Samuel Tyler !

— Oh ! Samuel, que je suis heureuse de vous voir ? Comment allez-vous ? Vous ne vieillissez pas, c'est merveilleux ! Et pourtant, hein, Samuel, il y a déjà un bout de temps que les gosses que nous étions couraient dans les rues de Callander ?

Samuel était un tendre. Ce rappel de sa jeunesse lui mit les larmes aux yeux. Il serra chaleureusement la main de sa compagne d'autrefois.

— Je suis bien content de vous retrouver en bonne santé, Miss Imogène...

Archibald se demanda si ces deux-là se fichaient de lui. Il flanqua un coup de poing sur son bureau et hurla :

— Assez !

Miss McCarthery regarda le sergent et s'adressant au constable :

— Ces crises le prennent souvent, Samuel ?

D'un coup de pouce, McClostaugh dégrafa le col de sa tunique et, retrouvant un souffle que l'indignation coupait :

— Vous croyez vous en tirer de cette façon ? On va voir ! Samuel Tyler ?

— Sergent ?

— Vous avez été témoin de l'agression dont j'ai été victime de la part de la personne ici présente ?

Mais Tyler ne pouvait pas renier sa jeunesse.

— Non, sergent.

Vacillant sous ce dernier coup, Archibald n'eut pas la force de crier. Il hoqueta :

— Non ?

— Quand je suis arrivé, vous sembliez vous quereller, mais, franchement, je n'ai rien aperçu d'autre.

— Franchement, hein ? Tyler, vous êtes révoqué !

— Pourquoi, sergent ?

— Vous avez le front de... Pour trahison ! Pour corruption acceptée !

Imogène vola au secours de Tyler.

— Ne faites pas attention, Samuel...

Tout cela dépassait McClostaugh.

— Mais, par tous les diables, qu'est-ce que je suis donc ici ?

Miss McCarthery eut un très joli rire de gorge avant de remarquer :

— Evitez-moi de vous le dire, Archie...

— Archie !

Le sergent, rassemblant toute l'énergie dont il était capable, s'apprêtait à exploser lorsqu'un petit homme, âgé, humble, entra timidement et, naïf, s'enquit :

— Je vous demande pardon, est-ce que je vous dérange ?

Remerciant le sort de cette victime qu'il lui offrait, McClostaugh rugit :

— Qui vous a permis d'entrer ? Qu'est-ce que vous voulez ?

— Le sergent McClostaugh, s'il vous plaît ?

— C'est moi !

— Je m'appelle John Morton.

— Et alors ?

— Et alors, je viens de croiser un fantôme...

II

Archibald McClostaugh regarda Tyler qui regarda Miss McCarthery qui regarda John Morton, puis le sergent prit un ton des plus doucereux :

— Donc, Mr Morton, vous avez rencontré un fantôme ?

— Oui, sergent.

— Et qu'est-ce que cela a d'extraordinaire ?

Le visiteur jeta des coups d'œil effarés autour de lui, se demandant visiblement s'il n'était pas tombé au milieu de fous. Se raccrochant aux données de la logique, il s'entêta :

— Mais enfin, voyons, un fantôme ?

— J'ai bien entendu : vous avez croisé un fantôme... et alors ?

Le plaignant balbutia :

— Ce n'est pas... pas normal... les... les fantômes, ça n'existe pas !

Le constable Samuel Tyler poussa un grognement d'indignation, Imogène McCarthery eut un « Oh ! » choqué et Archibald McClostaugh, fixant son interlocuteur, s'enquit poliment :

— Si les fantômes n'existent pas, Mr Morton, comment avez-vous pu en croiser un ?

— C'est justement ce que je ne comprends pas, sergent !

— Savez-vous bien, Mr Morton, que je pourrais

vous arrêter sous l'inculpation d'outrage à la Couronne ?

D'abord stupéfait, le petit homme ne tarda pas à réagir :

— Outrage à la Couronne ? Je voudrais bien savoir en quoi, par exemple ?

— Suivez-moi bien, Mr Morton. L'Ecosse fait-elle ou non partie de la Couronne ?

— Sans doute !

— Reconnaissez-vous que nul n'a le droit, sans motif légal, de porter atteinte à la liberté d'un citoyen britannique ?

— Mais bien sûr !

— Admettez-vous que cette loi est valable aussi bien pour les Anglais que pour les Gallois, les Irlandais ou les Ecossais ?

— Evidemment et je ne vois pas ce que...

— Taisez-vous ! Combien y a-t-il d'habitants en Ecosse ?

— Je ne sais pas au juste... Dans les cinq millions, je pense ?

— Dans les cinq millions recensés, mais on peut compter au moins autant de fantômes, n'est-ce pas, Tyler ?

— Au moins, sergent.

— Et ce n'est pas parce qu'ils sont sous la terre au lieu d'être dessus que les défunts écossais ont perdu leur citoyenneté britannique ! Sommes-nous d'accord, Mr Morton ?

En bon Anglais, Morton avait le sens de l'humour, mais l'idée qu'on pouvait se moquer de lui dissipait sa timidité naturelle. Rageur, il s'approcha d'Archibald McClostaugh et lui posant l'index sur la poitrine, il articula nettement :

— Je m'appelle John Morton. Je paie régulièrement mes impôts et je n'admets pas qu'un fonctionnaire, qui est à mon service comme il est au service de l'ensemble de la nation, se paie ma physionomie, vous entendez, sergent ?

— J'entends si bien, Mr Morton, que je vais vous coller un gentil procès-verbal pour scandale dans un poste de police !

— Elle est bien bonne celle-là ! Je vous demande de prendre acte que j'ai croisé un fantôme et que je vous requiers de l'interroger ! J'habite au *Cygne Noir* où j'attendrai votre convocation ! Si je n'ai pas de vos nouvelles dans quarante-huit heures, je dépose une plainte pour incapacité et refus de protection !

Archibald, qui devait au whisky un teint des plus colorés, tourna lentement au rouge sombre, puis au pourpre.

— De mes nouvelles, vous allez en avoir tout de suite ! Asseyez-vous !

Subjugué, le plaignant obéit.

— Donc, vous vous appelez John Morton ?

— Exactement.

— Vous ne seriez pas Anglais, par hasard ?

— J'ai cet honneur !

— Et vous voudriez que pour satisfaire les goûts pervers d'un Anglais, j'aille embêter un fantôme écossais ?

— Mais, sergent...

— Il n'y a pas de mais sergent ! Vous m'avez l'air d'un drôle d'individu, Mr Morton ? Je vous avertis que si vous êtes venu à Callander pour y susciter des troubles, pour porter atteinte à l'ordre public, je vous expulse ! Sans compter que pour votre tranquillité, ce n'est peut-être pas très intelligent de vous en prendre aux fantômes ! surtout aux fantômes écossais ! Ils ont la rancune tenace... hein, Tyler ?

— Et comment, sergent ! Vous vous souvenez des Stewart qui tenaient la ferme du Champ rôti, sur la route de Kilmahog ?

Imogène se mêla à la conversation.

— Le sergent n'était pas encore arrivé à Callander, Tyler, mais moi, je me rappelle fort bien de ces pauvres gens...

Le ton sinistre de ces deux-là affolait quelque peu

Morton, dont toute l'arrogance s'était volatilisée. Il demanda timidement :

— Qu'est-ce qui leur est arrivé ?

Ce fut le constable qui lui répondit :

— Ils s'installèrent dans une ferme où un fantôme avait ses habitudes. Un petit coin où il aimait à venir se reposer. On avertit les Stewart, mais eux non plus ne croyaient pas aux fantômes bien qu'ils fussent Ecossais, ce qui est un cas encore plus grave que le vôtre...

— Et alors ?

— Ils ont tenu deux ans, puis Katriona Stewart a dû être enfermée à l'asile d'Edimbourg. Trois mois après, Ian Stewart s'est pendu... ou on l'a pendu...

L'Anglais répéta machinalement :

— ... ou on l'a pendu ?

— On l'a trouvé accroché à une branche si haute qu'il est difficile de penser qu'il n'y a pas été transporté... et on n'a pas relevé la moindre trace...

Morton ramassa son chapeau.

— Excusez-moi, sergent... Je ne me sens pas bien...

Et il fila sans demander autre chose. Archibald McClostaugh se rassit dans son fauteuil tout en grommelant :

— Plus souvent que je permettrais à des Anglais de se mêler de nos histoires personnelles ! Quant à vous, Imogène McCarthery, débarrassez le plancher et souvenez-vous que je vous ai à l'œil ! Je ne vous tiens pas quitte de cette gifle, la première que j'ai reçue de ma vie !

— Il faut croire que votre mère n'a pas fait son devoir !

— Vous vous en prenez à ma mère, maintenant ?

Mais Imogène était déjà partie et Tyler dit doucement :

— Voulez-vous mon avis, sergent ?

— Sur quoi ?

— Sur ce qui va se passer ?

— Qu'est-ce qui va se passer, Samuel ?

— Eh bien ! je paierais ma solde que Miss McCarthery se mêlera de cette affaire de fantôme !

— Vous croyez ? De toute façon, je préfère qu'elle s'occupe des morts plutôt que des vivants... Et maintenant, Tyler, je serais curieux de connaître pour quelle raison vous avez menti au sujet de cette gifle ?

Ces histoires de fantômes ne plaisaient pas du tout à John Morton. Anglais, il inclinait à se moquer des superstitions écossaises, mais il avait vu ! Le fantôme était passé à le toucher... Et dire qu'il se trouvait à Callander pour se reposer ! Le médecin lui avait bien recommandé d'éviter toute émotion à son vieux cœur un peu fatigué. Mais, en dépit des prescriptions médicales, en longeant la façade du *Fier Highander*, il éprouva le besoin de prendre quelque chose et pénétra dans cette auberge de l'ancien temps où les sombres lambris, le plafond aux poutres apparentes, les tables et les sièges au bois patiné, les rangées de pots d'étain et la bonne figure rougeaude de Ted Boolitt inspiraient confiance. John Morton n'était pas installé depuis trois minutes devant sa pinte d'ale qu'il vit entrer la grande femme rencontrée au poste de police.

Ted se précipita au-devant d'Imogène.

— Ah ! Miss McCarthery, quelle joie de vous revoir ! Vous nous manquiez affreusement... Souvent, le soir, avec des amis, quand on ne sait pas quoi faire, on dit : ah ! si Miss McCarthery était là, on ne s'ennuierait pas... J'espère que vous nous restez longtemps ?

— Un mois, je pense.

— Hurrah ! en un mois, il peut s'en passer des choses !

— S'il ne tient qu'à moi, il ne se passera rien.

Un peu surpris, Boolitt hésita, puis comprenant ou s'imaginant comprendre, il cligna de l'œil à Imogène :

— J'ai saisi ! Silence et discrétion... Ted sait tenir sa langue... A part ça, en forme, Miss McCarthery ?

— Je suis toujours en forme.

Ted lui cligna à nouveau de l'œil.

— Forcément, dans votre métier... hein ?

Imogène éprouvait trop de plaisir de cette admiration pour détromper le brave homme. Afin d'honorer son hôte, Boolitt appela sa femme :

— Margaret, venez voir un peu qui nous arrive !

Mrs Boolitt se montra sur le seuil de sa cuisine tout en s'essuyant les mains à son tablier et, sans daigner s'approcher, elle demanda froidement :

— Comment allez-vous, Miss McCarthery ?

Et, sans attendre la réponse, elle retourna à ses occupations. Un peu gêné, Ted se lança dans une explication :

— Faites pas attention, Miss... Margaret devient réellement impossible et je suis le premier à en souffrir. Et puis, elle est un peu jalouse...

— Jalouse ? et de qui ?

— Mais, de vous !

— De moi ?

— Dame, mettez-vous à sa place ! Elle n'a jamais tué personne, cette pauvre Margaret... En tout cas, je commande deux tonneaux supplémentaires d'ale et deux cents bouteilles de stout. A présent que vous êtes là, les affaires vont marcher. Je vous offre quelque chose ?

— Si ça ne vous fait rien, Ted, j'aimerais m'asseoir à la table de ce gentleman là-bas...

Boolitt regarda le vieux monsieur.

— Vous le connaissez ?

— Non, mais... je l'ai entendu raconter une histoire intéressante.

Nouveau clin d'œil de Ted qui se figurait sans doute appartenir déjà à l'Intelligence Service.

— Comptez sur moi !

Et plantant là Imogène, il se dirigea vers le triste John Morton.

— Excusez-moi, sir, mais je tiendrais à vous présenter Miss Imogène McCarthery, une des plus célèbres enfants de Callander.

En entendant cet extraordinaire prénom, l'Anglais crut que ces sacrés Ecossais continuaient à se moquer de lui. Sarcastique, il grogna :

— Imogène... hein ?

Miss McCarthery brusqua les choses et s'asseyant à côté de John Morton, qui commençait à s'interroger sur la manière bien particulière dont les Ecossais entendent le repos, elle dit :

— Comment allez-vous, Mr Morton ?

Morton avait été pendant près de trente-cinq ans maître d'hôtel et, par un réflexe automatique, il répondit :

— Très bien, Miss, je vous remercie, et vous ?

— Alors, cher monsieur, vous avez vu un fantôme ?

Emoustillé par cette entrée en matière, Ted Boolitt serait bien resté, mais Imogène le pria de retourner à son comptoir. Il obéit à regret. Le fait qu'un fantôme fût le sujet d'une conversation qu'il supposait pleine de sous-entendus n'était pas pour le surprendre car il entretenait depuis son enfance un commerce suivi avec les trépassés ainsi que tous les habitants des Highlands, mais pourquoi Miss McCarthery s'intéressait-elle à un événement aussi banal ? Il y avait du louche là-dessous et — Ted l'espérait de tout son cœur — la promesse de bagarres.

— Enfin, Miss, même en Ecosse, les fantômes ne se promènent pas dans les rues en plein jour ?

— Rarement.

— Et pourtant, celui-là, je l'ai croisé ce matin à quelques pas d'ici.

— Peut-être n'était-ce pas un fantôme, Mr Morton ?

— C'en était forcément un, Miss, puisque celui dont il avait pris l'apparence a été enterré sous mes yeux !

— Et vous n'avez pas tenté de l'aborder ?

— Je n'ai pas osé, Miss... Je suis vieux, vous savez, et, à mon âge, on aime bien la tranquillité, surtout que j'ai le cœur un peu faible...

Ted Boolitt ouvrit largement la porte du *Fier Highlander* autant pour laisser entrer le soleil que pour permettre aux promeneurs de constater qu'Imogène McCarthery se trouvait chez lui et ainsi les inciter peut-être à entrer.

— Et si vous me racontiez votre histoire, Mr Morton ?

— Ça c'est passé il y a trois ans, Miss... A cette époque, comme chaque été, j'occupais les fonctions de maître d'hôtel au *Poisson et le Cheval* une maison modeste à Maryport, sur l'estuaire de l'Ellen, dans le Cumberland, à six miles de Workington et...

John Morton s'interrompit, sidéré de voir son interlocutrice se dresser, très raide, et lever son verre tout en ordonnant d'une voix autoritaire :

— Eh bien ! Mr Morton ?

Le vieil homme se leva à son tour, complètement éberlué.

— Mais... pourquoi Miss ?

Sévère, elle expliqua :

— Ignoreriez-vous, Mr Morton, que ce fut à Workington que notre malheureuse reine débarqua en 1568 pour fuir ses vainqueurs ?

— Notre reine ? quelle reine, Miss ?

— Mais la seule... Marie Stuart ! Il est vrai que vous êtes Anglais et que vous vous rangez du côté de l'usurpatrice !

— Je vous demande pardon...

— Buvez à notre reine martyre et dépouillée, monsieur Morton !

— Oh ! bien volontiers, Miss.

Solennelle, Imogène choqua son verre contre celui de son compagnon et annonça d'une voix forte :

— A la mémoire de Marie Stuart ! Que le Seigneur

lui accorde la place qu'elle mérite en son paradis et qu'Il punisse les Anglais félons !

Bonne fille, elle ajouta tout en se rasseyant :

— Sauf vous, bien entendu, Mr Morton...

— Merci, Miss...

Du comptoir où il avait suivi la scène, Ted Boolitt ne put maîtriser son enthousiasme et levant bien haut son onzième petit verre de gin, il hurla :

— Hurrah ! pour Miss McCarthery et qu'Elizabeth rôtisse en enfer pendant l'éternité !

Devant un tel blasphème, John Morton sursauta, mais Imogène le rassura :

— Tranquillisez-vous, monsieur Morton, c'est de l'autre qu'il s'agit, la Tudor... Vous disiez donc qu'à Maryport ?

— A l'hôtel *Le Poisson et le Cheval* où il y avait toujours une clientèle nombreuse et modeste, par suite des prix qu'on y pratiquait, un soir, — je me le rappellerai toute ma vie ! — je bavardais avec Mrs Moremby, propriétaire de l'établissement, lorsque... Oh ! excusez-moi !

Avant que Miss McCarthery ait pu esquisser un geste pour le retenir, John Morton se dressa d'un bond, courut à la porte et la franchit d'un élan. Ted vint voir ce qui se passait.

— Qu'est-ce que vous lui avez fait, Miss ?

— Moi ? mais rien ! Il est parti comme une flèche. Vous y comprenez quelque chose, vous ?

— Non, mais vous savez, c'est un Anglais... alors...

Quelques minutes plus tard, John Morton reparut, l'oreille basse.

— Vous me pardonnerez, Miss, mais j'avais vu passer mon fantôme...

— Ah !

— J'ai voulu en avoir le cœur net... Je l'ai rattrapé au moment où il entrait chez l'épicière... Est-ce l'habitude chez les fantômes écossais de faire leur marché ?

— C'est plutôt rare...

— Je l'ai accosté en lui disant : « Je vous reconnais, sir, mais comment se fait-il que vous soyez ici ? Je vous croyais enterré. Je vous ai vu mort... Je vous ai même veillé toute une nuit ? »

— Alors ?

— Alors, il m'a demandé si j'étais ivre ? Naturellement, je me suis fâché en lui disant que j'exigeais des explications et...

— Et ?

— Et ce gentleman m'a averti que si je continuais à l'importuner, il avertirait la police. J'avoue que je ne comprends pas... Miss McCarthery, sincèrement, croyez-vous aux fantômes ?

— Je pense bien ! Et si vous me finissiez votre histoire ?

— Pas maintenant, avec votre permission, Miss... J'ai besoin de remettre de l'ordre dans mes idées... Si vraiment les fantômes existent, ça change tout... Mais s'ils n'existent pas, qu'est-ce que cela signifie ? Comment un homme enterré depuis trois ans au cimetière de Leeds dans le Yorkshire peut-il se promener aujourd'hui dans Callander ? Vous me semblez quelqu'un de parfaitement équilibrée, Miss.

Ted affirma :

— C'est la meilleure tête du comté de Perth !

Imogène crut préférable de ne pas protester, d'abord parce qu'au fond, elle partageait l'opinion de Boolitt, ensuite parce qu'elle commençait à s'intéresser vivement à John Morton et à son fantôme. Or, il était indispensable de le mettre en confiance si elle voulait connaître le fin mot de cette aventure...

— Je vous reverrai, Miss... J'habite à l'hôtel du *Cygne Noir*...

Après un bref salut, John Morton s'en fut et on le vit remonter la rue en direction de Kilmahog, parlant tout seul et soulignant ses propos de gestes qui faisaient se retourner les gens sur son passage. Imogène vida son verre, puis :

— Qu'est-ce que vous en pensez, Ted ?

— Ce petit vieux me semble piqué... Notez que s'il est resté toute sa vie au service des Anglais, il a des excuses...

— Pauvre homme...

— Maintenant, lorsque je dis qu'il est un peu dérangé, je peux me tromper car il a été assez malin pour s'en aller sans payer sa consommation et vous laisser la note à régler.

Jefferson McPuntish, assis sur le banc devant son hôtel d'où on pouvait tout à la fois découvrir le loch Vennachar et la route de Callander, fumait sa pipe en se chauffant au soleil. Il feignit de ne pas remarquer ce Morton qui arrivait vers lui en traînant la jambe mais l'Anglais, négligeant cette indifférence pourtant très apparente, s'approcha :

— Bonjour, Mr McPuntish...

— ...'jour...'orton...

Pas rebuté pour autant, l'autre prit place sur le banc sans y avoir été invité et l'Ecossais vit là une preuve nouvelle du sans-gêne des Anglais qui se conduisaient en Ecosse comme en pays conquis... Mais, patience ! un jour peut-être...

— Monsieur McPuntish, je voudrais vous demander quelque chose ?

Sans doute, cet individu minable n'était-il pas satisfait de sa chambre ou de son breakfast ! L'hôtelier ricana intérieurement, prêt à sauter sur le plus léger motif qui lui permettrait de conseiller à cet indésirable d'aller se promener. Aussi, fut-ce d'une voix mielleuse qu'il s'enquit :

— Que puis-je faire pour vous, Mr Morton ?

Pendant que s'accumulaient en lui les forces qui, une fois libérées, catapulteraient ce ridicule petit Anglais.

— Croyez-vous aux fantômes ?

Pris au dépourvu, McPuntish ne réagit pas tout de suite. Il ne s'attendait vraiment pas à ça.

— Aux fantômes ?

L'Ecossais hésitait. Naturellement qu'il y croyait aux fantômes (ou alors il n'eût pas été digne de naître dans les Highlands) mais il soupçonnait l'Anglais de chercher une occasion de se moquer de lui. Pour ne pas perdre la face, il avança à pas feutrés sur la voie du reniement :

— Je ne peux pas dire que...

— Ah ! vous me rassurez !

McPuntish comprit alors que l'autre avait peur et, cyniquement, il changea son fusil d'épaule :

— ... je n'y crois pas.

— Hein ?

— D'ailleurs, ma tante Moira ne me le permettrait pas.

— Cette dame a... a beaucoup d'influence sur vous ?

— C'est-à-dire, Mr Morton, que j'ai toujours été son préféré et, tous les vendredis, elle vient me voir vers minuit, une heure du matin.

— A son âge ! Elle se promène en pleine nuit ?

— Oh ! vous savez, elle ne risque pas grand-chose...

— Tout de même... car je suppose qu'elle ne doit plus être toute jeune ?

— Ah ! ça, non...

— Et elle habite loin ?

— Pas tellement... à l'entrée de Callander.

— Vers le cimetière ?

— Au cimetière, Mr Morton. Ma tante Moira est morte il y a une vingtaine d'années.

Mr Morton se leva.

— Mr McPuntish, parlez-vous sérieusement ?

— Mr Morton, je ne plaisante jamais sur la famille !

— Et vous prétendez que cette dame ?

— Une demoiselle. Moira ne s'est jamais mariée.

— Et vous prétendez que cette demoiselle vient vous voir tous les vendredis vers minuit, une heure du matin... dans votre chambre, sans doute ?

— Oui, mais elle frappe toujours avant d'entrer pour me laisser le temps de me présenter convenablement. Moira a des principes très stricts sur ce sujet. Le vieux temps, n'est-ce pas ?

— Mr McPuntish, je ne suis pas certain que vous ne vous moquiez pas de moi ?

— Je ne me le permettrais pas, Mr Morton.

Sans ajouter un mot, John tourna les talons et entra dans l'hôtel. Jefferson tourna les talons et s'étira voluptueusement. Jamais il ne comprendrait pourquoi Dieu avait jugé bon de créer les Anglais.

Sur le palier où s'ouvrait sa chambre, Morton rencontra Isla à qui incombait la charge de l'étage. Une jeune fille délurée mais ne s'en laissant pas facilement conter. John aimait bien Isla.

— Mon enfant, j'aimerais vous poser une question ?

— Tout à votre service, sir.

— Croyez-vous aux fantômes ?

Elle le contempla avec étonnement avant de répondre :

— Evidemment, sir !

— Vous en avez vu ?

— Cet hiver, j'ai travaillé dans un petit château du Forfarshire. Nous avions un fantôme qui était l'arrière-arrière-grand-père de monsieur. Un rigolo. Il passait son temps à nous faire des blagues. Un ancien marin. Chaque fois que je passais dans le grand couloir du premier étage, j'étais sûre de recevoir une tape... vous devinez où. On lui avait réservé une chambre où on l'entendait rire. Mais quand les petits-enfants de monsieur et madame venaient en vacances, monsieur mettait une note dans la chambre du fantôme : « Attention, Angus, les petits arrivent au château. Ne les effrayez pas, s'il vous plaît ! » Eh bien ! sir, jamais Angus ne s'est manifesté quand les enfants se trouvaient là. C'était un fantôme qui savait se tenir...

— Merci, Isla... Je... je ne descendrai pas pour le lunch... Je me sens un peu fatigué.

Ayant fermé la porte de sa chambre à clé, John Morton ouvrit sa bouteille de whisky et la portant directement à sa bouche, en but une rasade qui lui laissa juste assez de jugement pour s'étendre sur son lit et y plonger dans un sommeil peuplé de spectres.

Les choses s'étaient passées comme Ted Boolitt le souhaitait et tous les habitants de Callander qui nourrissaient une certaine estime pour Imogène McCarthery n'avaient pas tardé à savoir qu'elle se trouvait au *Fier Highlander*. Invoquant les prétextes les plus divers, les hommes abandonnèrent qui son comptoir, qui son bureau, qui son étable, qui tout simplement sa femme pour gagner le cabaret où Ted envisageait l'avenir avec optimisme. William McGrew essaya bien de se glisser doucement jusqu'à la rue, mais son épouse le surprit au moment où il s'apprêtait à franchir le seuil. Abandonnant la cliente qu'elle servait, elle hurla :

— Et où allez-vous donc, William McGrew, si je ne suis pas trop curieuse ?

Dépité, William tourna lentement sur lui-même et, plein d'amertume :

— Vous l'êtes bougrement curieuse, Elizabeth McGrew, si vous voulez mon avis, mais vous êtes trop vieille pour qu'on puisse espérer vous améliorer !

— Et vous, assez débauché pour vouloir vous rendre au *Fier Highlander* afin d'y boire en compagnie de cette abominable rouquine qui est la honte de Callander !

William faillit exploser mais il préféra user d'une autre tactique :

— Si j'étais vous, Elizabeth, je veillerais à mes paroles... Miss McCarthery n'est pas femme à se laisser insulter par une épicière qui n'est pas capable d'autre chose que de vendre des biscuits ou du saindoux ! Et elle viendrait vous flanquer la raclée que vous méritez que je n'en serais pas autrement surpris. J'ajoute que cela ferait sans doute plaisir à tout le monde, y compris à moi, votre époux qui commence à avoir sérieusement assez de la mégère que vous êtes devenue, Mrs McGrew !

Et sur ce, très digne, profitant du silence qui suivait son exposé, il fila à toute vitesse au *Fier Highlander.*

Imogène avait dû répondre à tant de toasts portés en son honneur qu'elle se sentait dans un état dont l'euphorie commençait à mépriser les vieilles règles de l'équilibre. Le constable Samuel Tyler, appuyé à la porte, la regardait avec un air de réprobation qui n'était pas exempt, toutefois, d'une certaine admiration. A William McGrew qui entrait il confia :

— Encore quelques années et elle tiendra le coup aussi bien que feu son papa !

Jefferson McPuntish prenait ses repas dans une petite pièce — près du bureau de réception — d'où il pouvait, tout en mangeant, surveiller la route de Callander. Il portait une pomme de terre bouillie agrémentée d'un brin de menthe à la bouche lorsqu'il vit apparaître une silhouette qu'il reconnut tout de suite pour être celle de cette Imogène McCarthery dont il gardait un souvenir épouvanté. Machinalement, il voulut avaler sa salive, ne pensant plus à la pomme de terre, et manqua de s'étrangler, si bien que lorsque Imogène entra dans le hall du *Cygne Noir,* McPuntish se présenta devant elle des larmes plein les yeux et le souffle court.

— Vous avez des ennuis, monsieur McPuntish ?

— Pas encore, Miss...

— Dois-je comprendre que vous en attendez ?

— Ecoutez-moi, Miss McCarthery, j'ai soixante-deux ans... Je n'ai plus tellement d'années à vivre... J'aimerais bien les couler en paix... Mais pour cela, il faut que je vende *Le Cygne Noir* afin de me retirer chez moi, à Comrie... et je ne le vendrai jamais si vous flanquez ma réputation par terre ! Enfin, je ne vous ai rien fait, moi, Miss McCarthery ? Pourquoi vous acharnez-vous contre un pauvre homme qui ignorait jusqu'à votre existence quand vous êtes venue, il y a trois ans, tuer du monde chez lui ?

— Allons, allons, monsieur McPuntish, ne soyez pas rancunier. Si j'ai tué, ici, c'est pour ne pas mourir moi-même, rappelez-vous ? De toute façon, il fallait un cadavre, alors autant que ce fût cet individu, que moi ; c'est bien votre avis ?

— Bien sûr...

Mais la voix de McPuntish manquait de conviction.

— Et puis-je vous demander, Miss, ce qui vous amène au *Cygne Noir* ?

— J'y ai quelqu'un à voir.

L'hôtelier ne put retenir un gémissement :

— Vous n'allez pas recommencer ?

Imogène se mit à rire

— Je ne pense pas que le gentleman que je viens visiter soit bien dangereux... John Morton est-il là ?

— Il n'est pas descendu prendre son lunch. Il a dit à la femme de chambre qu'il se sentait fatigué.

— Eh bien ! je monte chez lui ! Quel est son numéro ?

— Mais c'est interdit ! s'écria McPuntish horrifié.

— Qu'est-ce qui est interdit ?

— Que des dames aillent voir des gentlemen dans leur chambre. C'est une maison honnête, ici !

C'était le genre de réflexion à ne pas faire. Imogène demanda sèchement :

— Voudriez-vous insinuer par là, Mr McPuntish, que je ne suis pas quelqu'un de respectable ?

— Loin de moi cette pensée, Miss McCarthery !

— Que je suis indésirable dans votre hôtel ?

— Bien sûr que non !

— Parce qu'il ne faudrait quand même pas oublier

que je suis la fille du capitaine McCarthery et que mon père était quelqu'un qu'on respectait.

— Certainement, Miss, certainement...

— Et qu'il n'aurait pas toléré que sa fille unique fût insultée par un étranger !

— Un étranger ?

— Vous n'êtes pas de Callander, n'est-ce pas ?

— Non, de Comrie.

— Donc, vous êtes un étranger. Maintenant, cela suffit, Mr McPuntish, vous m'avez assez fait perdre mon temps. Quelle chambre occupe Mr Morton ?

— Le 7.

— Merci.

Effondré, l'hôtelier contemplait le dos d'Imogène montant l'escalier avec une ardeur contre laquelle on devinait qu'il serait vain de tenter quoi que ce soit. Regagnant la petite pièce où son lunch refroidissait, McPuntish se souvenait que sa grand-mère prétendait que les filles et les garçons aux chevelures carotte entretenaient des rapports secrets avec le diable. En se rasseyant, il estima que son aïeule avait été une femme pleine de bon sens.

Arrivée à la porte du 7, Imogène frappa avec cette discrétion qui n'appartenait qu'à elle et qui aurait réveillé tous les dormeurs du haut en bas de l'hôtel. McPuntish l'entendit et poussa un soupir résigné avant de se mettre à mâcher mélancoliquement un morceau de viande enrobé de graisse figée. Ne recevant pas de réponse, Miss McCarthery tourna la poignée de la porte qui s'ouvrit. Doucement, elle l'entrebâilla en appelant :

— Mr Morton ?

Le silence persistant, Imogène, qui s'énervait poussa franchement la porte.

— Etes-vous là, Mr Morton ?

Mr Morton était bien là, mais dans l'impossibilité absolue de répondre car, une corde autour du cou, il se balançait légèrement au portemanteau accroché au mur. La première pensée de Miss McCarthery fut que ce pauvre type devait être très léger, puis qu'il avait vraiment mis de la bonne volonté à mourir car ses jambes repliées touchaient encore le sol. Elle prit ensuite conscience de la situation, faillit crier, se retint et sortit de la chambre dont elle referma soigneusement la porte.

En l'entendant descendre, Jefferson McPuntish s'étonna que son entretien avec Morton ait été si court, mais il était tellement heureux de la voir partir qu'il ne se posa pas d'autre question et se précipita pour la saluer.

— Vous repartez déjà, Miss ?

— Je ne pense pas que ce soit possible.

— Pardon ?

— Je crois que je suis obligée de rester pour les formalités.

— Quelles formalités ?

— Les formalités d'usage.

L'hôtelier ne comprenait rien.

— Voyons, Miss, je ne saisis pas très bien ? Vous avez vu Mr Morton ?

— Je l'ai vu.

— Votre conversation a été très courte ?

— Il n'y a pas eu de conversation.

— Mr Morton n'est pas dans sa chambre ?

— Si.

— Et il ne vous a pas parlé ?

— Il ne pouvait pas.

— Il ne pouvait pas ?

— Non, Mr McPuntish, il ne pouvait pas, car John Morton est mort.

Jefferson, pour ne pas tomber, dut se raccrocher au bureau de la réception, puis il bégaya :

— C'est... c'est une plaisanterie ?

— Elle serait déplacée !

— Il est... vraiment mort ?

— Tout ce qu'il y a de mort !

— Mais, enfin, il m'a parlé il y a moins d'une heure. Il ne paraissait pas malade !

— Il n'est pas besoin d'être malade pour se pendre.

— Pour se...

— Pour se pendre, Mr McPuntish. Mr Morton est pendu par le cou au portemanteau de sa chambre et si j'étais à votre place, je téléphonerais tout de suite à la police. Moi, je reste ici pour attendre les policiers et leur donner des explications.

Hors de lui, l'hôtelier, devant ce nouveau coup du sort, sauta sur place et empoignant Imogène aux épaules, la secoua en criant :

— Et à moi, vous allez en donner des explications ? Vous allez me dire comment il se fait que chaque fois que vous venez ici, vous laissez un cadavre derrière vous ? Vous voulez me ruiner, hein ? Dites-le donc ?

— Vous êtes fou, Mr McPuntish.

— Je suis peut-être fou, mais vous, Miss McCarthery, vous êtes pire qu'une épidémie de fièvre jaune ! La Grande Peste n'était rien en comparaison ! Des gens de votre sorte, il faut en délivrer le pays !

Jefferson ouvrit le tiroir de son bureau, en sortit un énorme revolver qu'il dut tenir à deux mains pour le braquer sur Imogène.

— Recommandez votre âme au diable, Imogène McCarthery, c'est fini pour vous !

Raide comme un piquet, paralysée par la peur, Imogène ferma les yeux, attendant le choc qui l'enverrait rejoindre son père lorsqu'une bonne grosse voix retentit dans son dos :

— Et alors ? à quoi joue-t-on ici ?

Miss McCarthery ouvrit les yeux, se retourna et vit avec soulagement le constable Samuel Tyler qui les contemplait.

III

Comme chaque semaine, le Révérend Roderick Haquarson était venu rendre visite au sergent McClostaugh. Les deux hommes s'estimaient, se comprenaient car, nés tous deux dans les Borders, ils éprouvaient les mêmes difficultés pour se faire admettre complètement par les Highlanders. Le Révérend profitait de ces rencontres pour apprendre du sergent les fautes publiques commises par ses administrés ; il s'en servait pour choisir son sermon du dimanche suivant et flétrir anonymement des erreurs dont tout le monde connaissait les responsables. Les fautifs en éprouvaient de la honte et le reste de l'assemblée — notamment les parents des coupables — approuvait Roderick Haquarson qui savait si bien enseigner la morale de manière détournée. Tout en fumant sa pipe, le Révérend remarqua :

— Archibald, vous ne me semblez pas dans votre assiette, aujourd'hui ? Qu'est-ce qui se passe ?

Le policier feignit — mal — l'étonnement.

— Mais, rien, je vous assure, Révérend...

— Allons, allons, sergent McClostaugh, oublieriez-vous que vous n'avez pas le droit de mentir ni à votre pasteur, ni à votre compatriote, ni à votre ami ? Est-ce si difficile que cela à avouer ?

Après une courte hésitation, Archibald se laissa aller.

— Révérend, je suis en train de compromettre ma part de paradis !

— Oh ! Oh ! et par suite de quelle faiblesse ?

— En blasphémant à longueur de journée, en prenant des colères qui me font voir rouge et qui me rendent injuste !

— Mais si vous vous en rendez compte, il doit vous être possible d'y remédier. Après tout, ce n'est qu'un effort de volonté ?

— Un effort qui me dépasse, Révérend, du moins tant qu'elle sera là !

— Elle ?

— Cette diablesse d'Imogène McCarthery !

— Ah ! voilà donc l'histoire... Je me suis laissé dire qu'avant mon arrivée à Callander, cette personne avait causé quelques ennuis ?

McClostaugh eut un ricanement amer :

— Des ennuis ? C'est bien simple, si là-haut on n'avait pas veillé sur moi, je serais enfermé dans un asile !

— A ce point-là ?

— Des cadavres partout !... Des agressions à chaque instant... Des coups de téléphone qui m'intimaient de la laisser agir à sa guise et par-dessus le marché, une violence, une insolence dont vous ne sauriez pas avoir idée, Révérend !

— Vous ne croyez pas que vous exagérez un peu, Archie ?

— J'exagère ? Elle est arrivée ce matin... Il n'est pas tout à fait quatorze heures et elle m'a déjà giflé !

— Ce n'est pas possible ?

— Si, Révérend Haquarson ! Alors, étonnez-vous après cela que je n'aie plus envie de jouer aux échecs, que je trouve le whisky fade, le thé insipide, que je jure le Saint Nom de Dieu et que je pense à me suicider ou à la tuer ?

— Voyons, Archie, reprenez-vous ?

— Je ne peux plus, Révérend... Je ne peux plus !

Et le sergent McClostaugh éclata en sanglots.

C'était un spectacle si déprimant de voir ce colosse de plus de six pieds de haut pleurant comme un gosse, que le Révérend ne put y résister. Se levant, il vint se placer près de lui et, comme le fait une mère attentive, il attira la grosse tête sur sa poitrine sans prendre garde au fait que la barbe mouillée d'Archibald tachait son veston. Tendrement enlacés, les deux hommes offraient un tableau si touchant que la vieille Miss Fleming — qui venait s'enquérir de ses clefs perdues au marché — n'osa pas signaler sa présence à la porte du bureau du sergent et qu'elle repartit aussi vite que le lui permettait son arthrite pour annoncer à toutes ses amies de Callander qu'elle avait surpris Archibald McClostaugh confessant au Révérend Haquarson un crime si énorme que le pasteur et le policier pleuraient dans les bras l'un de l'autre. On pense que cette relation excita la curiosité et chacun donna de la faute commise par Archibald une interprétation qui concordait, soit avec ses penchants secrets, soit avec la plus ou moins grande sympathie portée au policier. Quant à Miss Fleming, sollicitée de révéler la nature du péché, elle déclara, pour masquer son ignorance, ne pouvoir trahir un secret qui ne lui appartenait pas. On admira sa discrétion, mais on lui en voulut.

Le premier moment d'émotion passé, le Révérend retrouva toute son autorité pour dire :

— Cela suffit, Archie, ou bien vous me feriez croire que vous n'êtes pas digne des galons que vous portez ! Je sais ce que cette McCarthery peut vous infliger, mais n'oubliez pas que le Seigneur a dit : si l'on te frappe sur une joue, tends l'autre !

— Jamais ! Si elle lève encore la main sur moi, je l'étrangle, et après, je la boucle !

— Archibald McClostaugh, refuseriez-vous d'obéir à la Loi de Dieu ?

Le policier hésita, puis, penaud, convint :

— Non, bien sûr...

— Dans ce cas, écoutez-moi : il est peu probable que Miss McCarthery qui doit regretter son geste...

Archibald fit entendre un rire désabusé et le Révérend reprit plus sévèrement :

— Qui doit regretter son geste ! ne recommencera pas. D'ailleurs, je verrai cette personne et lui ordonnerai de venir vous présenter ses excuses...

— Je n'en veux pas !

— Vous les aurez quand même ! Archie, vous y mettez de l'opiniâtreté et cela ne me plaît pas du tout !

— Je vous demande pardon, Révérend...

— Bon. De votre côté, il faut discipliner votre nature emportée, colérique... La prochaine fois que vous rencontrerez Miss McCarthery...

— Je l'étripe !

— Archie ! Non, vous ne l'étriperez pas ! Vous vous efforcerez de lui parler avec la douceur, la patience, la gentillesse qui caractérisent celui qui professe notre religion et qui sait que tout ce qu'il fait en ce monde lui sera compté dans l'autre... Archibald Mc Clostaugh, j'ai votre parole ?

Après un débat intérieur qui le fit grimacer, le sergent capitula :

— Vous l'avez, Révérend...

— Merci, Archie.

Le téléphone interrompit leurs effusions. McClostaugh décrocha :

— Ici, le sergent McClostaugh... Ah ! c'est vous, Tyler... qu'est-ce qui se passe ? Quoi ? un pendu ? au *Cygne Noir*... Qui ça ? le type de tout à l'heure ? ah ! par exemple... Vous avez prévenu Elscott ? D'accord, j'arrive... Qui a découvert le corps ? Qu'est-ce que vous dites ? Enfer et damnation !

Le Révérend sauta sur sa chaise tandis que McClostaugh raccrochait en annonçant :

— Le nommé John Morton vient de se suicider au *Cygne Noir* et savez-vous qui l'a découvert ?

Miss McCarthery ! Il n'y a pas six heures qu'elle est à Callander et nous avons déjà un cadavre sur les bras.

Après qu'on lui eut rapporté les événements, le constable Samuel Tyler regarda Imogène, et, secouant la tête, décréta :

— Ce n'est quand même pas sérieux, Miss...

Puis il s'en fut téléphoner au sergent. L'air vraiment peiné du constable fit plus d'impression sur Miss McCarthery que la colère de l'hôtelier. Un instant, sa belle volonté fléchit un peu.

— Enfin, Samuel, vous n'allez quand même pas me rendre responsable du suicide de John Morton ?

Sans y mettre autrement de chaleur, Tyler résuma son point de vue :

— Bien sûr, Miss, que ce n'est pas pour vous qu'il s'est pendu, mais enfin... tous ces morts... dès que vous apparaissez quelque part, hein ?... Vous auriez le mauvais œil que ça ne m'étonnerait pas...

— Vraiment ? Eh bien ! pour si mauvais qu'il puisse être mon œil, Samuel Tyler, il me permet de constater que vous êtes bien le plus grotesque imbécile qu'on ait jamais vu sous l'uniforme de constable !

Imogène se retrouvait.

Lorsque McClostaugh entra suivi du Révérend Haquarson, Miss McCarthery se prépara à l'assaut. Mais pareil à celui qui bande ses muscles pour se jeter sur un obstacle présumé solide et, ne rencontrant rien, trébuche et perd le contrôle de ses gestes, en entendant le sergent lui parler ayec une douceur non dénuée d'amitié, la fille de feu le capitaine de l'armée des Indes trébucha moralement et ne sut que répondre. Onctueux, souriant à la vue de son ennemie, Archibald ronronna :

— Mais... c'est cette excellente Miss McCarthery ! Comment vous portez-vous depuis tout à l'heure, Miss ?

Imogène se révéla dans l'incapacité absolue de répondre. Quant à Tyler, il s'interrogeait pour savoir s'il rêvait ou non. Le sergent continuait :

— D'après ce que vous avez bien voulu me confier au téléphone, cher Samuel, c'est un suicide ? Pauvre Mr Morton... le voilà déjà parti rejoindre ces fantômes auxquels il ne croyait pas... C'est triste, mais qu'y pouvons-nous ? Le docteur Elscott est-il arrivé ?

Le constable dut s'imposer un effort pour répondre :

— Pas encore, sergent.

— C'est donc qu'il aura été retenu... Un médecin a mieux à faire à s'occuper des vivants que des morts... Eh bien ! sans l'attendre, nous allons procéder aux premières constatations...

Ils paraissaient tous hypnotisés, sauf le Révérend Haquarson qui souriait, heureux d'être si bien obéi.

Archibald observa que la fenêtre de la chambre du mort était ouverte sur un petit balcon où l'on pouvait facilement avoir accès grâce aux branches d'un gros arbre, mais que rien ne se révélait en désordre dans la pièce et que le portefeuille du défunt renfermait cinquante livres. Le policier s'étonna seulement qu'un homme aussi méticuleux que paraissait l'avoir été ce John Morton n'eût pas laissé un billet pour expliquer sa tragique détermination et s'excuser du remue-ménage créé par ses soins. Jefferson McPuntish approuva hautement le sergent en remarquant que le sans-gêne des Anglais était une chose que les Ecossais ne comprendraient jamais et que le loch Vennachar se trouvant presque à la porte de l'hôtel, le dénommé John Morton aurait simplifié les choses pour tout le monde en s'y jetant. Archibald plaignit McPuntish et résuma la situation :

— A moins d'admettre qu'un fantôme écossais et anglophobe ne se soit chargé de la besogne, il apparaît clairement que John Morton a mis fin volontairement à ses jours... Et maintenant, Miss McCarthery, auriez-vous l'amabilité de nous raconter comment vous avez découvert le corps ?

Intimidée, Imogène perdait de son assurance. Elle dit son intention de tirer au clair l'histoire du fantôme semblant tarabuster le pauvre Morton, sa venue au *Cygne Noir*, les difficultés soulevées par l'hôtelier pour la laisser monter à l'étage et comment elle avait frappé vainement à la porte de l'Anglais.

— Alors, vous êtes entrée quand même ?

— Mon Dieu, oui... la porte n'était pas fermée à clé et Mr Puntish m'avait assuré que Morton se trouvait chez lui.

— Mais, naturellement... la curiosité est un charmant défaut chez les femmes... et puis ?

— Et puis, je l'ai vu... Je n'ai touché à rien et je suis ressortie.

— Je ne puis que vous féliciter de votre sang-froid, Miss McCarthery...

En voyant Imogène, le docteur Elscott, qui arrivait, dit tout à trac :

— J'aurais dû m'en douter !

Avant que Miss McCarthery ait pu répondre, le sergent intervint :

— Docteur Elscott, je vous en prie ! Nous vous laissons examiner le corps de ce malheureux et vous attendons au salon... Miss, gentlemen, si vous voulez bien me suivre ?

Tous — sauf le Révérend — se demandaient ce qui avait pu arriver à McClostaugh et ils en étaient presque gênés. Au salon, le sergent fit asseoir tout le monde.

— Nous sommes en présence d'un cas banal... John Morton s'est suicidé... Vraisemblablement, il avait l'esprit dérangé... D'ailleurs, un type qui ne croit pas aux fantômes...

Le Révérend l'interrompit, très sec :

— Vous plaisantez, je l'espère, Archie ?

— Je vous assure que je n'en éprouve nullement l'envie, Révérend.

— Vous n'allez pas me dire que vous croyez aux fantômes, vous ?

— Bien sûr que si ! comme Tyler, comme Miss McCarthery, comme McPuntish !

Le pasteur se leva, digne et raide :

— Je n'aurais pas cru qu'à notre époque, des gens équilibrés, comme vous semblez l'être tous, des fonctionnaires de la Couronne puissent ajouter foi à des superstitions déshonorantes pour l'intelligence ! Je vous salue ! Vous me décevez, Archibald McClostaugh !

Un silence suivit le départ du Révérend Haquarson, puis Tyler annonça :

— Il est vraiment parti...

Archibald eut un énorme soupir :

— Il a bien fait, je n'en pouvais plus ! Et maintenant on va s'expliquer !

Au changement de ton, tous comprirent que McClostaugh redevenait lui-même. En entrant, le docteur lui fournit l'occasion d'en témoigner.

— Mission terminée, sergent !

— Et vous êtes content de vous, sans doute ?

Interloqué, Elscott le regarda sans comprendre.

— Qu'est-ce que vous voulez dire, McClostaugh ?

Alors, le policier qui se contenait depuis si longtemps se laissa aller :

— Ce que je dis ? C'est qu'il est honteux qu'on ne puisse jamais mettre la main sur vous quand on a besoin de vos services !

— Vous osez ?...

— Parfaitement, Mr Elscott, j'ose ! Votre devoir est de vous rendre immédiatement à mon appel !

— Et abandonner un malade pour venir examiner un cadavre ?

— Un cadavre n'est un cadavre que lorsque vous l'avez reconnu pour tel ! Et un suicidé...

— Drôle de suicidé...

— Comment ?

— Je répète : drôle de suicidé !

— Ce qui signifie, docteur Elscott ?

— Ce qui signifie, sergent McClostaugh, que si la police de Callander était confiée à un homme compétent, cet homme compétent n'aurait eu besoin que d'un examen superficiel pour se rendre compte que le nommé John Morton ne s'était pas suicidé mais qu'on l'avait suicidé, si j'ose m'exprimer ainsi !

Du coup, Archibald perdit de sa superbe.

— Expliquez-vous, docteur !

— Morton a été frappé avec un instrument contondant. Il porte sur le cuir chevelu, près de l'occiput, la trace d'un coup suffisamment violent pour lui avoir fait perdre toute conscience, ce dont son agresseur a profité pour le pendre.

— Donc, un homme.

— Ou une femme assez forte, car pendre ce corps inanimé au portemanteau n'a pas exigé une grande dépense physique...

McClostaugh regarda Imogène et avec un éclair de triomphe dans les yeux prononça aimablement :

— Une femme assez forte... Qu'en pensez-vous, Miss McCarthery ?

— Je pense que vous allez encore proférer des idioties, sergent !

— Eh bien ! ce n'est pas mon impression, figurez-vous !

Le docteur l'interrompit :

— Vous voudrez bien m'excuser, McClostaugh, mais je n'ai vraiment pas le temps d'assister à votre numéro. Je vous adresserai mon rapport. Vous pouvez enlever le corps. Au revoir.

Nul ne se soucia du départ du médecin. Chacun attendait ce qui devait suivre et cela ne traîna pas.

— Imogène McCarthery, pourquoi avez-vous assassiné cet homme ?

— Pour passer le temps.

— Vous aggravez votre cas !

— Que voulez-vous que je vous réponde ?

— J'exige que vous me donniez les motifs de votre acte !

— Je sortais de chez Ted Boolitt...

— Ça ne me surprend pas !

— ... et ne sachant quoi faire, je me suis dit : Tiens, si j'allais assassiner ce brave Mr Morton. Alors, je suis venue au *Cygne Noir*. Je suis montée dans la chambre de la victime. Je lui ai demandé bien poliment de se tourner pour que je puisse l'assommer avec ma chaussure. Comme c'était un gentleman, il n'a fait aucune difficulté. Et ainsi que vous l'a appris le docteur Elscott, j'ai retroussé mes manches et j'ai pendu le cher homme, de même que j'accroche mon manteau. Voilà. Ça suffit comme explications ?

McClostaugh ferma les yeux et serra les dents, suppliant le ciel de lui donner la force de ne pas sauter à la gorge de cette insolente. Tyler se pinçait les lèvres pour ne pas éclater de rire. Quant à Jefferson McPuntish, il croyait ce qu'il entendait. Après avoir pris une large inspiration, le sergent déclara :

— Imogène McCarthery, je vous arrête en présomption du meurtre commis sur la personne de John Morton. Constable Tyler, conduisez-la au poste !

Très calme, Imogène se contenta de remarquer :

— Archibald McClostaugh, voulez-vous que je vous confie ce que je pense de vous ?

— Inutile, Miss, car je serais obligé, à mon tour, de vous dire ce que je pense de vous-même et je risquerais de faire rougir jusqu'aux murs de cette pièce !

La nouvelle de l'arrestation d'Imogène éclata comme une bombe dans Callander. Le premier informé fut naturellement Ted Boolitt. Le coup l'atteignit durement car on savait son admiration pour Miss McCarthery et Margaret, sa femme, profita de l'occasion pour lui dire devant tous :

— Et maintenant, Ted, êtes-vous convaincu que j'avais raison de me méfier de cette femme ?

Mais c'est toujours dans le malheur qu'apparaissent les caractères les mieux trempés ; en dépit de la présence de la clientèle et bien que les événements semblassent corroborer l'opinion de son épouse, Ted Boolitt resta fidèle à la mémoire du capitaine McCarthery dont la merveilleuse soif avait aidé à assurer la prospérité du *Fier Highlander*, en décrétant solennellement :

— Margaret, vous avez l'âme basse ! Et je suis navré que vous le révéliez en présence de nos amis. Je maintiens qu'Imogène McCarthery est au-dessus de tout soupçon et qu'il faut être aussi bête qu'Archibald McClostaugh pour imaginer qu'elle a assassiné ce pauvre vieux bonhomme qu'elle ne connaissait seulement pas ce matin. Quoi qu'on puisse raconter, je garde ma confiance entière à Imogène McCarthery et je vous invite, gentlemen, à boire à sa santé et à mes frais !

Tous les clients du *Fier Highlander* abandonnèrent d'un élan le camp de Mrs Boolitt pour passer dans celui de son mari et Margaret se retira dans sa cuisine, gonflée d'amertume.

Ce fut Mrs Elroy qui annonça la nouvelle à son mari.

— Ça y est, Léonard, elle a recommencé !

Mr Elroy qui, par goût et par principe, se souciait peu des histoires des autres, grogna :

— Qui a recommencé quoi ?

— Imogène McCarthery... Elle a tué un homme au *Cygne Noir* !

Il y avait de l'admiration dans la voix de Léonard lorsqu'il consentit à donner son opinion :

— Ça, c'est une femme !

Mrs Elroy s'en montra indignée :

— Aurait-il donc fallu que je tue du monde pour vous inspirer le respect, Léonard ?

Il la regarda d'un œil amusé et, haussant les épaules :

— Vous n'en auriez pas été capable, Rosemary. Mon thé est prêt ?

Lorsqu'on raconta à Peter Cornway ce qui s'était passé au *Cygne Noir*, il se contenta de dire :

— J'avais raison de penser qu'elle ne me décevrait pas !

Harry Lowden jura de fort vilaine façon quand il sut l'affaire. Un moment, il songea à démissionner mais il pensa aussitôt que cela ferait trop plaisir à Ned Billings et il téléphona à McClostaugh pour fixer avec lui l'heure de l'enquête préliminaire.

Averti par sa femme, William McGrew feignit de tout ignorer et s'occupa activement au rangement des réserves. Mais Elizabeth n'entendait pas laisser passer une pareille occasion. Sitôt au courant, elle se précipita à la recherche de son mari qu'elle trouva dans la resserre au milieu d'un amoncellement de caisses vides.

— William ! Avez-vous appris ce qui se passe ?

Hypocritement, il offrit le visage insoupçonnable de l'innocence.

— Il se passe quelque chose ?

— Et comment ! Imogène McCarthery s'est de nouveau livrée à ses instincts sanguinaires !

— Ce qui signifie ?

— Tout simplement qu'elle a mis un autre assassinat à son actif ! Qu'est-ce que vous en dites ?

— Elle devait avoir ses raisons.

— Par exemple ? C'est tout ce que vous trouvez à répondre ? McGrew, par moment, je me demande si vous avez tout votre bon sens ?

— Sûrement pas, Elizabeth, sans cela je ne vous aurais jamais épousée.

— Vous êtes un misérable, William McGrew, et Dieu vous punira !

— Je crois que c'est déjà fait, Elizabeth !

En arrivant à Callander, l'indignation du Révérend

Haquarson à l'égard du sergent McClostaugh n'était pas calmée. Il gesticulait et parlait seul. Miss Fleming qui l'aperçut se porta à sa rencontre.

— Révérend, vous n'avez pas l'air bien ?

— Je suis aux cent coups, chère Miss Fleming, aux cent coups ! Croiriez-vous que le sergent McClostaugh a eu le front de me dire — cet impie — qu'il croyait aux fantômes ? Mais à quoi sert, je vous le demande, de m'évertuer à prêcher à tous ces païens la parole de Dieu ?

Il s'éloigna sans attendre la réponse de Miss Fleming qui se sentait une âme de pécheresse car elle aussi croyait aux fantômes. Toujours marmonnant, le Révérend arriva chez lui où Ailsa, sa vieille servante, se précipita pour répondre à son coup de sonnette impératif. Avec une injustice qui pouvait étonner de la part d'un homme aussi attentif aux préceptes divins, il maugréa :

— Vous ne pourriez pas vous dépêcher au lieu de me laisser attendre dans la rue ?

— C'est que, Révérend, Bryan a encore fait des siennes depuis votre départ !

Le Révérend qui accrochait ses affaires au portemanteau s'inquiéta :

— Vraiment ?

— Il n'a pas arrêté de claquer les fenêtres du premier étage, de remuer les chaises et de se livrer à mille gamineries qui cessaient dès que j'ouvrais la porte !

— C'est bon, je lui parlerai ce soir et j'espère qu'il se calmera.

Bryan était le fantôme attitré de la petite maison qu'occupait le Révérend Haquarson.

Archibald McClostaugh savait que, dût-il vivre cent ans, il n'oublierait jamais le souvenir de cette nuit.

Sitôt de retour au poste de police, il avait procédé aux formalités habituelles avant de déclarer à Imogène qu'il l'enfermait, pendant la durée légale, avant qu'elle ne soit déférée devant un magistrat qui la relâcherait ou la maintiendrait en prison en l'inculpant. Contrairement à son attente, l'Ecossaise s'était contentée de répondre :

— Vous vous rendez compte de ce que vous faites, je pense, sergent ? C'est un abus de pouvoir que vous regretterez.

Archibald avait voulu rire avec insolence, mais il n'y était pas parvenu tout à fait. Elle lui inspirait une crainte dont il n'arrivait pas à se débarrasser. Imogène enfermée, Tyler prétendit rappeler son supérieur à plus de modération, mais l'autre le rabroua de si belle façon que, son service terminé, le constable rentra chez lui, bien décidé à ne se mêler de rien.

McClostaugh résolut de passer la nuit à jouer aux échecs. Le whisky le tiendrait éveillé. A son grand étonnement, Miss McCarthery ne manifesta aucun signe de mauvaise humeur. Assise sur sa couchette, derrière les barreaux de sa cellule, elle paraissait enfoncée dans une rêverie profonde. Cette attitude insolite intriguait le policier. Longtemps, il demeura devant son échiquier l'esprit ailleurs, désemparé par le calme de sa prisonnière. Peut-être, après tout, était-elle moins rebelle que sa légende ne le laissait entendre et se trouver en prison lui portait-il un tel coup qu'elle se sentait dans l'incapacité de réagir ? Peu à peu, trompé par le silence qui régnait, Archibald relâcha son attention et se laissa aller à somnoler. Il fut arraché à son repos inconfortable par un hurlement qui n'avait vraiment rien d'humain. Il bondit de son fauteuil et se précipita vers la cellule où Imogène l'accueillit avec un sourire.

— Quelque chose qui ne va pas, Archie ?

— Ce... ce cri ?

— Quel cri ?

— Enfin, vous avez hurlé ?

— Moi ? Vous devez être assailli de cauchemars, Archie. Ce n'est pas étonnant, d'ailleurs, puisqu'il paraît que toutes les consciences criminelles subissent les mêmes angoisses. Rappelez-vous Macbeth ?

— Qu'est-ce que j'ai de commun avec Macbeth, Miss ? Je voudrais bien le comprendre ?

— Le remords, Archie... le remords. Bonne nuit.

En regagnant son bureau, McClostaugh constata qu'il n'était que vingt-deux heures et qu'il se passerait encore bien du temps avant que le jour ne reparaisse. Il commençait à se demander s'il s'était montré aussi malin qu'il l'avait cru en enfermant l'Ecossaise...

A vingt-deux heures trente, Miss McCarthery appela au secours. Elle se plaignit au sergent de douleurs dans le ventre qui ressemblaient à des coups de poignard. Elle craignait de souffrir d'une crise d'appendicite aiguë. Les yeux révulsés, les lèvres serrées, elle se tordait sur sa couchette. Affolé devant les responsabilités encourues, McClostaugh se jeta sur le téléphone pour appeler le docteur Elscott. Ce dernier qui venait juste de se coucher après une journée épuisante et qui gardait sur le cœur la manière dont le policier l'avait traité au *Cygne Noir* commença par refuser tout net. Il était sur le moment de se laisser convaincre quand il apprit qu'il s'agissait d'Imogène McCarthery. Alors, il éclata :

— Comment, McClostaugh, vous avez le front de vouloir me sortir du lit pour cette abominable rouquine ? Rien que de la voir, cela me fiche des complexes !

— Mais, bon Dieu de bon Dieu, elle est peut-être en train de mourir !

— Ça m'étonnerait ! Et puis, ça serait un sacré bon débarras !

— Elscott vous êtes un assassin ! Je rédigerai un rapport ! Je vous ferai chasser de l'ordre des médecins et, par les cornes du diable, si vous ne venez pas immédiatement, je vais vous chercher revolver au poing !

— Ça va, McClostaugh, j'arrive... mais priez le ciel de ne pas m'avoir dérangé pour rien !

Pour ne plus entendre l'horrible râle qui venait de la cellule, le sergent eut recours à sa bouteille de whisky. Comment expliquerait-il son arrestation arbitraire si jamais la prisonnière mourrait ? Il lui parut que le médecin mettait un temps infini à se montrer mais lorsque Elscott se présenta, il n'y avait pas dix minutes que le policier l'avait sorti du lit.

— Ce n'est pas malheureux que vous vous soyez enfin décidé !

Le docteur recula d'un pas :

— Tonnerre ! McClostaugh, votre haleine fait penser à un alambic ! Je me demande quelle quantité de whisky il faut absorber pour exhaler de pareilles effluves ?

— Ne vous occupez pas de cela et venez voir la malade !

Assise sur sa couchette, la malade chantonnait tout en se faisant les ongles. Archibald en béa d'étonnement tandis qu'Elscott se contentait de remarquer :

— Pour quelqu'un aux portes de la mort, elle ne semble pas particulièrement mal en point ? Miss McCarthery ?

— Mais c'est le docteur Elscott ? A cette heure-ci ? Auriez-vous été arrêté vous aussi par ce maniaque ?

— Miss McCarthery, je vous en prie, d'où souffrez-vous ?

— D'où je souffre ? Mais de nulle part... Pourquoi souffrirais-je ?

Le sergent eut un hoquet de désespoir.

— Mais si vous ne souffrez pas, pourquoi crier de si lugubre façon ?

— Je criais, moi ? Archibald, je vous ai déjà dit que vous devriez vous modérer quant au whisky...

Elscott regarda le policier et, sèchement, opina :

— C'est aussi mon avis, McClostaugh... Le rapport, c'est moi qui vais l'écrire et si je ne vous fais pas déplacer, je veux être changé en policeman anglais !

Le médecin parti, Archibald retourna à la cellule et, à travers les barreaux, jeta les clés à Imogène.

— Prenez-les pour m'éviter la tentation d'entrer et de vous étrangler !

A minuit, après qu'Imogène fut venue deux fois l'arracher brutalement à un sommeil fiévreux, McClostaugh lui offrit de l'accompagner chez elle. Elle refusa. A une heure du matin, le sergent la supplia de s'en aller. Elle refusa. Ce qui frappait le plus le malheureux policier, c'était l'étonnant état de fraîcheur de Miss McCarthery alors que lui-même se sentait dans un état d'abrutissement complet. Il n'aurait jamais pensé que les rousses jouissaient d'une aussi stupéfiante vitalité. A deux heures, McClostaugh dut s'employer à éteindre un début d'incendie allumé par Imogène dans sa cellule, histoire de se réchauffer. A trois heures, elle avait vidé la provision de whisky du sergent. A quatre heures, elle chantait que son cœur était dans les Highlands et Archibald ne savait plus si elle se trouvait vraiment là ou s'il était la proie d'un cauchemar qui n'en finissait plus. A cinq heures, dans une espèce de brouillard où les sons lui arrivaient assourdis, le sergent écoutait Imogène lui raconter sa vie et chaque fois que ses yeux se fermaient, elle poussait un cri, ce qui finit par flanquer au malheureux Archibald une migraine atroce. A six heures du matin, l'honnête Samuel Tyler, qui s'inquiétait de ce qui avait pu se passer en son absence, arriva au bureau de police et trouva Archibald McClostaugh prostré, hébété et marmonnant comme une lithanie :

— Partez, Miss, je vous en prie, partez... partez, Miss, je vous en prie, partez...

Le constable dut mouiller le visage de son chef avec de l'eau pour lui faire reprendre ses esprits.

— Alors, sergent ?

L'autre le contempla d'un regard complètement abruti :

Alors, rien... Tyler, je vais commettre un meurtre !

— Qu'est-ce que vous racontez, chef ?

— Tyler, je vais commettre un meurtre et puis je me ferai justice...

— Allons, allons... vous n'êtes pas bien...

— Je vous ai attendu, Tyler, pour que vous soyez témoin... Il faut que je tue Imogène McCarthery... Il y en a un de nous deux qui est de trop sur cette terre...

— Reprenez-vous, chef... Où est-elle ?

— Dans sa cellule, je suppose...

— Donnez-moi les clés ?

— C'est elle qui les a.

Le constable pensa pour la première fois que McClostaugh était peut-être bien fou. Néanmoins, il se rendit à la cellule que Miss McCarthery lui ouvrit aimablement en lui souhaitant le bonjour. Mais Samuel ne se sentait pas d'humeur à plaisanter.

— Miss Imogène, qu'est-ce que vous avez fait au sergent ?

— Demandez-moi plutôt ce que je vais lui faire !

Suivie du constable, elle retourna dans le bureau d'Archibald qui, à sa vue, poussa un gémissement plaintif et enfouit sa tête dans ses bras croisés. Grave, Tyler lui demanda :

— Miss Imogène, vous n'avez pas honte ? Regardez dans quel état vous l'avez mis ?

— Samuel Tyler, je dépose une plainte contre le sergent McClostaugh pour séquestration arbitraire !

— Je n'ai pas constaté de séquestration, Miss. Vous aviez les clés de la cellule ; il ne tenait qu'à vous de vous en aller si vous l'aviez voulu !

— Constable Tyler, avez-vous entendu, oui ou non, le sergent vous donner l'ordre de m'enfermer ?

— Non.

— Oh !

En entendant ce dialogue où Miss McCarthery,

pour une fois, ne prenait pas le dessus, Archibald revint à la vie. Imogène perdit son sang-froid.

— Tyler, vous êtes un misérable ! Vous osez prétendre que vous n'avez pas entendu l'ordre qui vous fut donné au *Cygne Noir* ?

— Je ne l'ai pas plus entendu que je n'ai vu la gifle que vous auriez flanquée au sergent hier matin, Miss, et je crois que, tout compte fait, c'est mieux ainsi. Rentrez chez vous, Miss Imogène, et reposez-vous avant de vous présenter à l'enquête du coroner qui aura lieu à quatorze heures à la mairie.

Imogène disparue, Archibald prit Tyler aux épaules.

— Je n'oublierai pas, Samuel... Merci. Et, tenez, allez donc nous chercher deux whiskies, ça nous réveillera... Vous les ferez mettre sur mon compte.

Au moment où le constable sortait, McClostaugh ajouta :

— Naturellement, si vous tenez à payer le vôtre, je ne m'y oppose pas.

On s'écrasait dans la salle de la mairie et Peter Cornway éprouvait toutes les peines du monde à maintenir un silence relatif. Après la déposition du docteur Elscott, celle de Jefferson McPuntish à qui le coroner ne put s'empêcher de souligner avec une joie maligne, qu'on mourait beaucoup dans son hôtel, on écouta celles du constable Tyler et du sergent McClostaugh. L'élocution embarrassée de ce dernier donna à penser qu'il négligeait les règles élémentaires de la sobriété. Personne ne pouvait deviner que le malheureux subissait les effets de sa nuit blanche. Lorsque Imogène, appelée à son tour, fit son entrée, la salle se scinda aussitôt en deux clans : les hostiles et les sympathisants. Le maire appartenait aux premiers, le coroner aux seconds. Peter Cornway crut bon de remarquer :

— Miss McCarthery, je suis heureux de vous revoir et je suis persuadé que, comme par le passé, vous rendrez encore de grands services à la cause de la Justice !

— Merci, monsieur le coroner.

Harry Lowden, le maire, protesta :

— Je me permets, monsieur le coroner, de vous signaler que l'enquête doit être menée en toute impartialité !

Cornway prit la mouche :

— Et ça signifie quoi, votre interruption, monsieur Lowden ?

— Que tant que le verdict n'est pas rendu, vous n'avez pas à manifester des marques de sympathie à une personne dont nous ne savons pas encore si elle peut être ou non soupçonnée !

Il y eut des applaudissements qui eurent le don de mettre le coroner hors de lui.

— Si je comprends bien, Harry Lowden, vous essayez d'influencer le jury ? Oubliez-vous qu'une pareille méthode peut vous conduire devant les tribunaux sous l'inculpation de forfaiture ?

Lowden se leva.

— Peter, retirez ce que vous venez de dire ou je vous casse la figure !

— De mieux en mieux ! Des menaces à un coroner ? Vous vous imaginez m'acheter comme vous achetez vos voix pour vous faire élire à la tête de la municipalité, Mr Lowden ?

Ils durent s'y mettre à trois pour retenir le maire qui voulait absolument boxer le coroner. Quand il fut certain que son adversaire était solidement maintenu, Peter Cornway conclut triomphalement :

— Vous donnez un piètre exemple de votre sang-froid à vos administrés, monsieur le maire, et sans doute des regrets !

Harry Lowden répliqua par des grossièretés qui choquèrent tout le monde et lui aliénèrent les sympathies féminines. Quant au Révérend Haquarson, il se leva de sa place pour dire à haute voix qu'il était honteux pour un magistrat municipal de se conduire de cette façon. Le calme revenu, Imogène put enfin faire sa déposition. Le coroner la remercia vivement et il n'eut aucune peine à convaincre le jury de rendre un verdict de meurtre par une ou plusieurs personnes inconnues.

IV

Elle les fixait. Ils la fixaient et entre ces regards, d'un côté immobiles, figés et froids, de l'autre mourants et fiévreux, passaient des ondes mystérieuses. Imogène rechargeait sa volonté en contemplant les photographies de ses protecteurs. A Robert Bruce, elle dit :

— Robert, on a tué un Anglais à Callander. Je me doute bien que ce n'est pas pour vous déplaire et que vous en avez tué beaucoup plus que cela, mais celui-ci était un vieux bonhomme craintif qui m'avait presque demandé aide et protection. Est-ce que je puis refuser à sa mémoire ce que je n'ai pas su lui accorder alors qu'il était vivant ? Nous sommes des guerriers, Robert, pas des assassins ? Avec votre aide et celle de Dieu, je découvrirai le coupable pour l'honneur de l'Ecosse et pour confondre cet abruti d'Archibald McClostaugh.

Puis se tournant vers le portrait de son père :

— Daddy, je suis sûre qu'à ma place vous en feriez autant. C'est la réputation des McCarthery, qui est en jeu. Vous avez vu ce qui s'est passé lors de l'enquête préliminaire ? Sans Peter Cornway, Harry Lowden et ses amis auraient ruiné ma réputation. Il faut que vous m'aidiez à confondre Lowden, Elizabeth McGrew et tous ceux qui pensent comme elle. Si je découvre qui a tué le pauvre Morton, ils seront bien forcés de s'incliner, hein ? Quant à Archibald

McClostaugh qui a osé me faire passer la nuit en prison, je vous serais fort obligée — si cela est dans vos possibilités actuelles — de lui envoyer quelque maladie, pas trop grave, mais qui le contraigne à garder le lit. Pour le reste, je m'en charge !

Respectant l'ordre d'ancienneté, elle termina par Douglas Skinner :

— Doug, cher Doug, vous n'êtes plus là pour me défendre mais je sais que vous ferez tout ce que vous pourrez pour m'éviter de tomber dans les pièges de nos adversaires. Vous le devez à celle qui a failli devenir votre femme et qui restera fidèle jusqu'à la mort à votre souvenir.

Pour dissiper l'émotion qui lui serrait la gorge et lui embuait les yeux, Imogène but une goutte de whisky. Elle reposait son verre lorsque la clochette de la porte du jardin tinta. Elle jeta un coup d'œil par la fenêtre et distingua un inconnu d'assez belle apparence. Serait-ce le meurtrier, déjà ? Elle balança pour décider si elle devait ou non ouvrir, mais reculer en face d'un danger possible n'était pas dans sa nature. Elle se contenta de prendre le petit revolver dont Skinner lui avait fait cadeau avec un beau permis de port d'arme après leur commune aventure[1]. La porte ouverte, elle sauta en arrière pour éviter une attaque-surprise et, braquant son revolver sur le visiteur, s'enquit :

— Vous désirez ?

— Sûrement pas me battre, Miss...

Otant son chapeau, l'inconnu demanda :

— Miss Imogène McCarthery ?

— C'est moi.

L'autre eut un sourire avant d'ajouter :

— Je m'en serais douté même... sans cette arme que je vous serais très reconnaissant de diriger dans une autre direction, Miss... un accident est si vite arrivé, n'est-ce pas ?

1. *Ne vous fâchez pas, Imogène !*

— Pas avant d'apprendre qui vous êtes ?

— Inspecteur-chef Dougal Hastings, du C.I.D. de Glasgow. Voulez-vous me permettre de prendre mon insigne dans ma poche ?

— Je vous en prie.

Convaincue de l'identité du policier, Imogène le fit entrer et une fois qu'elle l'eut installé dans son petit living-room, elle remarqua :

— Il est encore bien tôt, inspecteur, et je n'ose vous offrir du whisky ?

— Osez, osez, Miss, je suis Ecossais, vous savez !

Ayant bu à leur rencontre et à leur santé respective, Hastings annonça :

— Je suis à Callander depuis une quinzaine de jours pour me reposer et j'habite chez Mrs Jeffrey. Vous soupçonnez, j'imagine, la raison de ma présence chez vous, Miss McCarthery ?

— John Morton, je suppose ?

— Exactement... Le sergent McClostaugh...

— Un damné idiot, si vous voulez mon avis !

L'inspecteur éclata de rire.

— Miss McCarthery, je vois qu'on ne m'a pas menti sur votre compte. Quant au sergent, je n'ai pas encore eu le temps d'établir mon opinion, mais pour le peu que je l'ai vu, je ne serais pas surpris que mon jugement corroborât le vôtre... Savez-vous qu'il vous soupçonne sérieusement d'avoir assommé et pendu cet Anglais ?

— Ça ne m'étonne pas !

— Je ne vous cacherai pas, Miss, que j'ai téléphoné à Londres pour avoir des renseignements à votre sujet. Ils sont excellents. J'avais vaguement été au courant de vos exploits ici-même, il y a trois ans.

Imogène rougissait de plaisir et sa confusion enchantait Hastings. Elle se reprit pour dire d'une voix ferme :

— Je n'ai fait que mon devoir, inspecteur.

— Justement, Miss, justement, c'est parce que je

sais que vous êtes une femme de devoir que j'ai pensé à solliciter votre aide.

— Je suis à votre disposition.

— Je vous en remercie. Puis-je vous prier de m'exposer ce que vous savez de cette histoire ?

Miss McCarthery raconta l'arrivée de Morton au poste de police sous prétexte qu'il avait rencontré un fantôme, comment elle l'avait rejoint pour le confesser au *Fier Highlander*, ses réticences et sa promesse de la mettre au courant. Son impatience à elle qui expliquait sa démarche au *Cygne Noir* et sa découverte du mort. Ayant demandé et obtenu la permission de fumer sa pipe, Dougal Hastings écouta attentivement son hôtesse. Quand elle eut terminé, il se contenta de souligner :

— Il avait rencontré un fantôme...

Imogène crut discerner une légère moquerie dans sa voix. Aussitôt, elle regimba :

— Vous ne croyez pas aux fantômes vous non plus, inspecteur ?

— Mais si... Je vous ai déjà dit que j'étais écossais, Miss, mais je ne crois pas aux fantômes qui assassinent.

— Alors ?

— Alors, John Morton a été assassiné par un inconnu ayant pénétré dans sa chambre par le balcon. Des premières indications recueillies à Manchester où Morton résidait, il apparaît que c'était un homme fort ordinaire. Jusqu'à l'année dernière, il était maître d'hôtel au Swisnain's Manor où le directeur le tenait pour un employé consciencieux, sans éclat, mais faisant correctement son métier. Chaque année, depuis dix ans, Morton s'en allait, l'été venu, jouer les extras dans des hôtels de stations balnéaires. Pas de vice connu, pas de faiblesse remarquée. Il était veuf et son compte en banque se révèle des plus normaux. Nous ne savons rien d'autre. Il faut penser que sa mort est due au hasard d'une rencontre inopinée. Nous avons donc, Miss McCarthery, à répondre à deux questions : Qui John Morton a-t-il vu à Callander ? Pourquoi cette personne s'est-elle crue dans l'obligation de supprimer le vieil homme à la suite de cette rencontre ? Morton vous a-t-il dit s'il s'agissait d'un homme ou d'une femme ?

— Oui, il m'a parlé d'un homme.

— Je pense que cet inconnu n'est pas à rechercher parmi les habitants de Callander, mais plutôt parmi les touristes qui sont encore ici... Le sergent et le constable sont chargés de les interroger, mais je ne nourris pas beaucoup d'illusions quant aux résultats à espérer.

— Alors, inspecteur, comment vous y prendrez-vous ?

— Personnellement, Miss, je suis dans l'impossibilité de partir sur la moindre piste, si vous me refusez votre aide.

— Moi ?

— Miss McCarthery, vous êtes la seule à qui Morton a fait des confidences...

— Mais il ne m'a presque rien dit !

— Il n'y a que vous qui le sachiez... Supposons que vous vous répandiez dans Callander en racontant partout que l'Anglais vous a révélé le nom ou simplement l'aspect physique de son fantôme ? Si vraiment Morton est mort pour avoir vu quelqu'un, ce dernier réagira...

— Qu'entendez-vous exactement par-là, inspecteur ?

— A tout autre que vous, Miss, j'hésiterais à le dire, mais après ce que j'ai entendu raconter à votre sujet, je pense que rien ne peut vous effrayer... Je crois donc que l'assassin essaiera de vous imposer silence.

Imogène se cabra :

— Personne n'y est encore arrivé !

Calme, Hastings remarqua sans avoir l'air d'appuyer :

— J'estime que cela dépend des méthodes qu'on souhaite employer.

Et Imogène comprit.

— Vous voulez suggérer qu'il pourrait tenter de me...

— La logique ne l'exige-t-elle pas, Miss ?

— Ecoutez-moi, inspecteur, je suis venue à Callander pour me reposer et non me suicider en jouant le gibier complaisant d'un tueur aux aguets ! Je ne suis pas encore dégoûtée de l'existence à ce point-là, Mr Hastings !

Le policier ne réagit pas. Au contraire, il abonda dans ce sens.

— Je vous comprends fort bien, Miss, et je n'ai pas pouvoir de vous forcer à accepter ma dangereuse proposition... que j'aurais naturellement rendue la moins dangereuse possible en vous suivant tout le jour... mais ce serait mentir que de nier le péril et il est évident que les femmes ne sont pas faites pour ces épreuves...

Il se leva

— Il ne me reste qu'à vous prier de m'excuser, Miss...

— Aucune importance, inspecteur.

Mais ce diable d'Hastings, qui devait être rudement bien renseigné, s'arrêta au passage devant les photographies des dieux lares d'Imogène.

— Robert Bruce, n'est-ce pas ?

— Oui, à la veille de Bannockburn.

Dougal observa quelques secondes d'un silence méditatif dont la qualité nettement patriotique n'échappa pas à Imogène qui en fut touchée. Se reprenant, l'inspecteur laissa traîner son regard sur la bonne figure niaise du capitaine McCarthery et sa fille se crut obligée de le présenter :

— Mon père. Il était officier à l'armée des Indes...

Il s'inclina imperceptiblement et Imogène lui en sut gré. Elle ne voulut pas laisser Skinner à l'écart et montrant son visage figé pour l'éternité dans une maturité qui ne finirait pas, elle dit avec beaucoup de sentiment :

— L'inspecteur Douglas Skinner... mon fiancé... Il est tombé en service commandé...

— J'ai eu l'honneur de le rencontrer. Un homme que rien ne faisait reculer quand il s'agissait de servir la justice. On ne peut, évidemment, demander à tout le monde d'avoir une pareille conscience, n'est-ce pas ?

Le reproche voilé cingla Imogène de belle façon. Elle regarda ses chers disparus et elle eut la nette impression qu'il y avait une nuance de reproche, de déception dans leurs prunelles... Sans plus tergiverser, elle prit Hastings par le bras :

— Dites-moi ce que je dois faire, inspecteur, pour vous aider à confondre le meurtrier de John Morton ?

Le *Fier Highlander* connaissait une animation extraordinaire. De son comptoir, Ted Boolitt promenait un sourire heureux sur l'assitance tout entière rassemblée autour d'Imogène McCarthery. Margaret Boolitt passait de temps à autre la tête par la porte de la cuisine et, partagée entre des sentiments contraires, ne savait plus si elle devait se féliciter de la présence de l'Ecossaise, grâce à laquelle les affaires marchaient bien, ou la regretter quand elle surprenait les regards admiratifs que lui lançait son mari. Thomas, lui, allait des uns aux autres, ramassant les verres vides et poussant à la consommation. Parfois, le constable Samuel Tyler faisait une courte apparition, mais nul ne lui prêtait attention. Toute l'assemblée se tenant correctement, Samuel repartait, navré au fond du cœur de voir Miss McCarthery marcher si allégrement sur les traces de son père dans le domaine de l'ivrognerie. Il se doutait qu'un jour viendrait fatalement où il aurait le triste privilège de la ramasser dans quelque coin de Callander pour la ramener chez elle afin d'éviter le scandale et les poursuites judiciaires. Tyler estima que Miss Imogène aurait bien pu attendre qu'il ait pris sa retraite pour revenir dans le pays.

Tous les copains de Ted Boolitt étaient là, quelques-uns avec leur femme. Aux autochtones se mêlaient des étrangers en vacances et pour qui venir boire un verre au *Fier Highlander* avant de se mettre à table s'affirmait une distraction inévitable. Imogène racontait ses démêlés avec Archibald McClostaugh et l'état piteux auquel elle l'avait conduit. On savait qu'elle disait la vérité car le docteur Elscott s'était rendu de bon matin au poste de police pour faire une piqûre au sergent en vue de le remonter. Ted Boolitt proposa un toast au triomphe de l'intelligence sur la bêtise. On le suivit avec enthousiasme. Puis, William McGrew, qui était parvenu à s'échapper de son épicerie, demanda si on ne pourrait pas boire à la santé de Miss McCarthery, honneur de Callander ? On lui répondit par l'affirmative. Mais, en dépit de ce que pouvait penser Samuel Tyler, Imogène ne faisait, à chaque fois, que tremper ses lèvres dans son verre, d'abord par souci de sobriété, ensuite parce qu'elle se répétait que l'assassin de John Morton et peut-être son futur meurtrier se trouvait sans doute en sa compagnie. Cette hypothèse lui ôtait toute possibilité d'apprécier ce qu'elle buvait.

Ravagée par une jalousie qui la poussait à oublier ses intérêts, Margaret Boolitt surgit de sa cuisine pour dire clairement et publiquement à son mari ce qu'elle pensait de lui. Cet assaut imprévu créa une diversion amusante que beaucoup apprécièrent.

— Ted !... Est-ce que vous allez bientôt finir de me ridiculiser ? Est-ce que vous croyez que je ne vois pas votre manège ? Avez-vous à vous plaindre de moi ? Ne vous ai-je pas toujours été fidèle ? Est-ce que je ne tiens pas bien votre ménage ? Alors, pourquoi me faites-vous cet affront ? Pourquoi est-ce que je ne compte plus quand apparaît cette grande chèvre à cheveux rouges ?

Il y eut un instant de stupeur générale. Une pareille grossièreté scandalisa la majorité. Des manières qu'on n'appréciait guère, surtout de la part d'une commerçante. Pour Imogène, un moment surprise par cette attaque inattendue, elle réagit la première et, s'approchant du comptoir, elle se pencha pour rapprocher son visage de celui de Mrs Boolitt :

— La grande chèvre vous remercie, Mrs Boolitt, mais elle tient à vous dire qu'elle préfère ressembler à cet animal fier et indépendant qu'à une misérable taupe incolore qui, sortie de sa vaisselle et de sa crasse, n'est bonne à rien et suscite plutôt le dégoût, si toutefois vous me permettez de vous confier mon opinion.

La réponse indignée de Margaret se perdit dans le vaste éclat de rire emplissant la salle du *Fier Highlander*. Ted, qui s'était remis du choc, étendit le bras pour imposer le silence.

— Madame Boolitt, je vous crois malade pour oser faire preuve en public d'une pareille impudeur et d'une semblable insolence ? Il faut être une pas grand-chose pour venir étaler sa vie privée devant des tiers et rudement mal élevée pour s'en prendre à une personne à laquelle je souhaiterais que vous ressembliez ! Je vous ordonne — si vous ne tenez pas à ce que je vous administre en présence de tous la correction que vous méritez — de présenter immédiatement vos excuses à Miss McCarthery !

— Jamais !

— Jamais ? Je n'en suis pas certain, Mrs Boolitt !

Et Ted, retroussant ses manches, s'avança. Imogène voulut s'interposer pour témoigner de sa grandeur d'âme, mais Boolitt l'écarta :

— Laissez, Miss, c'est une histoire personnelle. Dépêchez-vous, Margaret, ou je vais me mettre en colère pour de bon !

Effrayée, Mrs Boolitt céda. Dans un souffle, elle murmura :

— Excusez-moi, Miss McCarthery...

— Bien sûr, Mrs Boolitt, je ne me rappelle déjà plus ce que vous avez dit. Cela avait si peu d'importance, d'ailleurs...

Ted eut le dernier mot :

— Et maintenant, Mrs Boolitt retournez à votre cuisine et n'en sortez pas sans ma permission si vous ne tenez pas à ce que je vous tanne la peau !

Margaret fila la tête basse. Se tournant vers McGrew qui le contemplait, Ted déclara :

— Le tout, avec les femmes, c'est de savoir leur parler !

C'est alors qu'un grand garçon portant lunettes, l'air un tantinet hurluberlu et l'aspect quelque peu négligé, lança :

— Pourquoi le sergent vous croyait-il coupable, Miss McCarthery ?

Imogène soupira car c'était là le genre de question qu'elle attendait pour jouer le rôle imposé par Hastings.

— Parce qu'il savait que j'avais eu un entretien particulier avec John Morton, ici même, quelques instants avant sa mort... Sans doute s'est-il imaginé que nous avions pris rendez-vous pour que je puisse le trucider plus facilement ?

On conspua largement Archibald McClostaugh et Tyler, aux aguets derrière la porte, se demanda si son devoir ne lui imposait pas de faire immédiatement cesser ces clameurs discourtoises à l'égard de son supérieur. Mais la présence d'Imogène McCarthery l'incita à demeurer dans une prudente réserve. Feignant l'exaltation, Imogène, pendant ce temps, prophétisait :

— Mais la personne qui a transgressé les saints commandements en ôtant la vie à l'honnête John Morton ne tardera pas à se balancer au bout d'une corde !

Peter Cornway, qui menait grand bruit parmi les supporters d'Imogène, remarqua que c'était plus facile à dire qu'à exécuter. Miss McCarthery ricana :

— Vous vous trompez, Peter ! Car la personne qui a fait le coup ignore que je la connais !

Chacun en resta figé de surprise. Ted lui-même, qui s'apprêtait à aborder un de ses nombreux petits verres de gin, en demeura le bras en l'air et, interprétant la réaction unanime de l'assistance s'enquit :

— Vous la connaissez, Miss ?

— Parfaitement !...

Imogène prit sa respiration pour prononcer ce qu'elle considérait un peu comme son propre arrêt de mort :

— Morton m'a montré la personne qu'il tenait pour un fantôme et dont la présence sur cette terre le stupéfiait car il l'avait vu porter en terre !

L'impression produite par ces mots s'avéra puissante. Un crime et un fantôme ! Que pouvait-on exiger de plus ?

— Alors, vous pensez, Miss, que cette personne a assassiné l'Anglais parce qu'elle s'est rendu compte que le vieux gentleman l'avait reconnue ?

— J'en suis certaine !

Cornway se mêla une fois encore au débat :

— Et vous ne l'avez pas désignée à McClostaugh ?

Imogène eut un mouvement d'épaules fort humiliant pour l'intelligence du sergent.

— Il ne m'aurait pas crue... et puis, Peter, j'aime bien mener mon enquête toute seule.

— Mais si vous savez...

— Réfléchissez, Peter : je sais, en effet, qui a tué Morton, mais j'ignore pourquoi, et tant que je n'aurai pas découvert ce pourquoi, la justice ne pourra rien contre le meurtrier.

On convint de la justesse du raisonnement et on but une nouvelle tournée en l'honneur de Miss McCarthery, l'Ecossaise la plus courageuse de tout le cher vieux pays.

Mrs Plury, Mrs Frazer et Mrs Sharpe goûtaient la joie d'apprendre à Mrs McGrew qu'en passant devant la porte ouverte du *Fier Highlander*, elles avaient pu voir William McGrew qui portait des toasts à Miss McCarthery impudiquement assise au milieu d'un groupe d'hommes, comme si elle dirigeait un meeting. Elizabeth McGrew, de rage, se mordit les lèvres si cruellement qu'elle en eut un goût de sang sur les lèvres. D'une voix que la fureur montait de plusieurs tons, elle se contenta de dire :

— Qu'il rentre seulement ce misérable et..

Mrs Frazer poussa du coude Mrs Plury, laquelle alerta Mrs Sharpe : William McGrew s'encadrait dans la porte. L'épicière, à la vue de son époux, poussa un rauquement sourd, semblable à celui de la lionne qui s'apprête à sauter sur sa proie, puis elle se rua sur lui, l'empoigna par les revers de sa veste en le secouant et criant :

— Misérable ! Traître ! Papiste ! Ivrogne !

Placide, William déclara :

— Si j'étais vous, madame McGrew, j'ôterais mes mains de là...

Parvenue aux dernières limites de la colère, ne se contrôlant plus, Elizabeth hurla :

— Oui, je vais les ôter, mais pour vous les mettre sur la figure !

Et elle gifla celui que Dieu lui avait donné pour époux. Les trois clientes se serrèrent les unes contre les autres, la bouche sèche. William ne broncha pas et sa femme, réalisant l'ignominie de son geste, ne savait plus quelle contenance prendre. Gênée, elle essaya de s'en sortir en affirmant :

— Vous l'avez voulu, McGrew !

— Et vous croyez que ça suffit ?

Encore sous l'impression de la leçon donnée par Ted Boolitt, William administra à sa femme l'unique tripotée qu'elle devait recevoir toute sa vie durant. En présence de Mrs Plury, Frazer et Sharpe Elizabeth, le cheveu défait, ruisselante de larmes, se releva péniblement et, lorsque William lui ordonna : « Maintenant, allez nettoyer la resserre ! », elle s'empressa d'obéir sans demander son reste. McGrew se tourna alors vers les trois clientes qui tremblaient comme des feuilles et, avec un beau sourire :

— Et pour vous, mesdames, qu'est-ce que ce sera ?

Un peu exaltée par le succès remporté au *Fier Highlander*, Imogène rentra chez elle dans un état d'euphorie complète. Certes, elle ne s'était jamais sentie vieille, mais depuis son retour à Callander, elle avait la nette impression de rajeunir. Elle inclinait à se prendre pour quelqu'un d'exceptionnel, sans le dévouement duquel la reine aurait bien du mal à conserver sa couronne. Elle éprouvait une honte légère en pensant qu'elle avait failli refuser son aide à ce pauvre Hastings, car sans elle il ne parviendrait sûrement pas à trouver l'assassin de John Morton. Elle estimait que, de sa part, c'était très beau d'affronter tous les périls, pour venger un homme qui ne lui tenait en rien et qui, par-dessus le marché, était anglais.

Imogène, femme solide, ne se contentait pas de ces nourritures pratiquement inexistantes dont les personnes de son sexe font généralement leur ordinaire et ce fut d'un cœur léger qu'elle plongea sa cuillère dans ce mélange épais de choux et de pommes de terre qu'elle s'était préparé avant de sortir et qui porte le curieux nom de colcannon. Par mesure de précaution, elle termina son repas par un bol de lait caillé parfumé au rhum — un junket — dont elle avait appris la recette chez une de ses collègues auprès de laquelle elle était allée passer un week-end dans le Devon. Sa vaisselle rapidement nettoyée, elle s'installa dans son fauteuil préféré, un petit verre de whisky à portée de la main, histoire de faciliter sa digestion, et ne tarda pas à s'endormir. Mais le colcannon absorbé sans doute avec trop de hâte lui donna des cauchemars où Archibald McClostaugh trahissait Robert Bruce à la bataille de Bannockburn en entraînant chez les Anglais sa troupe de cavaliers, parmi lesquels elle reconnut Jefferson McPuntish, Harry Lowden et, chose étrange, Margaret Boolitt et Elizabeth McGrew habillées en hommes. Autour du héros écossais, le capitaine McCarthery, Samuel Tyler, Ted Boolitt, William McGrew, Peter Cornway et — incompréhensiblement — John Morton lui assuraient un rempart de leur corps. Elle se réveilla en sursaut juste au moment où Morton tombait sous les coups d'un adversaire dont elle ne put distinguer le visage. Pour s'éclaircir les idées et se réinstaller dans le XXe siècle, Imogène finit son whisky et se passa de l'eau sur le visage. Quand elle sortit de son cabinet de toilette, elle se sentait prête à tous les combats.

Sitôt la porte du jardin franchie, Imogène se persuada qu'elle se trouvait en danger de mort. Si Hastings avait vu juste, le meurtrier ne pouvait pas la laisser en vie, car elle représentait un danger permanent. On a beau être Ecossaise et d'une trempe à part, il n'en demeure pas moins qu'on n'envisage pas avec sérénité le fait, qu'à tout moment, on peut recevoir une balle dans le dos, à moins que ce ne soit un coup de couteau, ou qu'un instrument contondant quelconque vous écrabouille le crâne. Miss McCarthery eut un court instant de faiblesse. Elle pensa au confort de son home londonien, au bureau de l'Amirauté où elle coulait des heures si agréables parmi ses dossiers, mais presque aussitôt, elle s'en voulut de cette faiblesse et, pour se racheter, elle songea à Robert Bruce, à son père, à Douglas qui, tous, comptaient sur elle pour se montrer digne d'eux, et ce fut d'un pas résolu qu'elle s'engagea sur le chemin de ce qui pouvait être — si Dieu le voulait ainsi — sa dernière promenade.

Miss McCarthery traversa Callander, répondant à de nombreux saluts, prit la route de Kilmahog et s'en fut errer sur les bords du loch Vennachar, certaine que l'endroit s'affirmait assez désert pour que son agresseur éventuel puisse donner libre cours à ses mauvaises intentions. Pendant tout le trajet, elle se força à ne pas se retourner en vue de s'assurer si l'inspecteur la suivait ainsi qu'il l'avait promis. Elle devait avoir confiance en lui d'abord parce qu'il était Ecossais, ensuite parce qu'un policier du C. I. D. connaît son métier. Au surplus, son bon sens lui soufflait que si elle apercevait son protecteur en se retournant, le meurtrier le verrait aussi et dès lors sa promenade-appât n'aurait aucun sens.

Ce n'est pas sans une certaine mélancolie qu'Imogène erra à l'endroit même où, trois ans plus tôt, elle avait failli perdre la vie. Elle se rappela sa défiance exaspérée à l'égard de l'inspecteur Douglas Skinner, dont elle ignorait alors la véritable identité et qu'elle prenait pour un ennemi tandis qu'il ne songeait qu'à veiller sur elle. Cher Douglas... Elle aurait été heureuse auprès de lui car il aurait obéi à toutes ses volontés...

Le temps passait et rien ne se produisait. Pourtant elle eût aimé se servir du revolver qu'elle portait dans son sac. A croire que l'air des Highlands l'emplissait d'une humeur héroïque que l'existence londonienne assoupissait. Quelque chose la tarabustait sans qu'elle parvînt à en prendre nettement conscience, quelque chose qu'elle aurait dû dire à Hastings...

Imogène se promena jusqu'à la tombée de la nuit dans les endroits les plus écartés sans subir le moindre assaut. Elle en éprouvait un secret dépit, ignorant si, le lendemain, elle aurait autant de courage et chacun sait, en outre, que l'attente de l'événement est toujours plus douloureuse que l'événement lui-même.

Rentrée chez elle, Miss McCarthery décida de se coucher de bonne heure. Elle s'apprêtait à se déshabiller lorsqu'elle se souvint brusquement de ce qu'elle avait omis de confier à Hastings : Morton avait vu son fantôme en chair et en os à Maryport. Sans réfléchir davantage, elle se rajusta et se précipita dehors pour gagner la demeure de Mrs Jeffrey où elle espérait rencontrer l'inspecteur.

Au bout de quelques minutes de marche, elle s'aperçut qu'elle avait oublié son revolver et, du même moment, prit conscience qu'en sortant la nuit, elle ne pouvait compter sur personne pour la protéger. Paralysée de peur, Imogène s'arrêta, incapable subitement de mettre un pied devant l'autre. Les premières maisons de Callander n'étaient pourtant qu'à quelques centaines de yards mais, l'esprit en déroute, elle ne voulait plus qu'une chose : rentrer chez elle. Elle fit demi-tour et repartit à grandes enjambées. Le hasard voulut que Samuel Tyler, effectuant sa dernière ronde, aperçût de loin sa silhouette et, intrigué par la hâte qu'elle mettait à s'enfuir, décida de la suivre, mais de loin.

Ignorant que le constable se trouvait derrière elle, Miss McCarthery, l'oreille aux aguets, le cœur battant, voyait un agresseur dans chaque buisson, devinait le bruit d'un pas dans le moindre souffle d'air courant sur la campagne. Bien qu'elle eût appelé Robert Bruce, son père et Douglas à la rescousse, elle ne parvenait pas à retrouver son sang-froid. Terrorisée, elle avançait avec les « han ! » d'un rameur luttant contre le courant. Elle ne poussa un soupir de soulagement que lorsqu'elle vit la silhouette trapue de sa maison se découper sur l'horizon assombri. Elle se mit à courir et atteignait la porte de son jardin lorsqu'il lui parut qu'elle plongeait dans quelque chose qui ressemblait à la Voie Lactée, si elle en jugeait par le bouquet d'étoiles qui lui sautait littéralement au visage. Et puis, plus rien... La personne qui l'avait frappée levait le bras pour lui assener un second coup quand une grosse voix troua la nuit :

— Miss Carthery ?

D'un bond, l'être jailli de l'ombre s'y rejeta et s'y

perdit. Samuel Tyler buta sur le corps d'Imogène et soupira :

— Elle a dû en prendre une bonne... tout comme feu le capitaine...

Il souleva Imogène inanimée tout en grommelant :

— Seigneur, quel poids !...

Portant son encombrant fardeau, il atteignit la maison, adossa Miss Carthery contre le mur, fouilla dans son sac pour y prendre la clé, ouvrit la porte, donna de la lumière et revint prendre son pesant fardeau. Il s'étonna bien un peu de ne pas sentir des effluves de whisky. Après avoir déposé Imogène sur le divan du living-room, il se précipita dans la cuisine pour préparer un café bien fort. C'est seulement lorsqu'il rapporta la tasse pleine du liquide brûlant qu'il vit le sang.

Elle crut d'abord qu'elle se promenait un jour de « fog » à Londres. Elle apercevait des lueurs et des ombres à travers une sorte de brume laiteuse. Un soudain haut-le-corps la secoua et la convainquit qu'elle voguait en mer. Mais où diable allait-elle ? Dégoûtée, elle ferma les paupières et entendit vaguement quelqu'un murmurer :

— Elle revient...

Elle ouvrit les yeux et distingua nettement une espèce d'écran de paille jaune qui lui bouchait la vue. Elle voulut l'écarter et s'emmêla les doigts dans la barbe d'Archibald McClostaugh qui, poussant un rugissement, acheva de lui faire reprendre conscience. Au même instant, elle se rendit compte qu'elle était couchée et en chemise. Indignée, elle protesta :

— Archibald, qu'est-ce que vous fabriquez dans mon lit ?

— Pas dans votre lit, Miss, dans votre chambre !

— Archibald, vous êtes un damné vieux dégoûtant !

Le sergent se redressa et d'une voix lasse :

— Vous aviez raison, madame Elroy, elle revient bien à elle.

Mrs Elroy ? Imogène se tourna de côté et reconnut, en effet, Rosemary qui lui souriait.

— Oui, c'est bien moi, Miss Imogène... Je ne pouvais pas vous laisser seule en apprenant qu'on essayait de vous tuer. Ce n'est pas que j'approuve votre conduite, ça non ! Mais je ne veux pas non plus que votre père — quand je le rejoindrai — me reproche de m'être désintéressée de vous...

Les deux femmes s'étreignirent spontanément et, gênées par cet élan inhabituel, elles restaient là à se regarder sans rien dire lorsque Archibald intervint :

— Tout ça, c'est bien attendrissant, mais moi, je ne suis pas ici pour m'amuser !

La tendresse qui amollissait l'âme d'Imogène s'envola pour laisser place à la fermeté écossaise de Miss McCarthery.

— Parce que vous pensez que c'est pour mon plaisir que je me fais assommer ?

— Miss, j'ai déjà eu l'occasion de vous confier ce que je pensais de votre conduite et, en toute sincérité, si vous étiez seulement une centaine dans votre genre réparties dans les Highlands, je suis persuadé que Sa Majesté nous abandonnerait aux Russes, aux Chinois ou à n'importe lequel de ceux qui voudraient nous accepter ; mais, entre nous, je suis convaincu qu'elle ne trouverait pas preneur !

— Vous insultez la reine, sergent McClostaugh !

— Ce n'est pas parce qu'elle est reine que Sa Gracieuse Majesté n'est pas femme, Miss McCarthery, et toute femme honnête raisonnerait comme moi !

— C'est drôle, Archibald... j'imaginais les honnêtes femmes sous un tout autre aspect que le vôtre !

Mrs Elroy, à qui Imogène venait de cligner de l'œil, éclata de rire à la grande fureur du sergent.

— Vous pouvez raconter tout ce que vous voudrez, Miss McCarthery, mais je soutiens que si le Chancelier de l'Echiquier voulait voir les dollars affluer dans sa caisse, il n'aurait qu'à prévenir Washington que l'Ecosse a l'intention de se déclarer cinquante et unième Etat de l'Union et vous envoyer à la Maison-Blanche pour discuter le coup. Dès que les Américains vous auraient vue, ils seraient prêts à se ruiner pour que la Grande-Bretagne vous garde ! Et si Samuel Tyler se figure qu'il va avoir droit à des félicitations pour vous avoir sauvée, il se fourre le doigt dans l'œil ! Pour une fois que la chance s'offrait d'être débarrassé de vous, il a fallu que cet imbécile joue les terre-neuve ! Je me demande si je ne pourrais pas le déférer devant une commission de discipline pour atteinte à la sûreté de l'Etat ?

Galvanisée par l'insolence du sergent, Imogène, oubliant sa pudeur écossaise, s'assit sur son séant montrant d'un geste souverain le seuil de sa chambre :

— Archibald McClostaugh, sortez !

Intimidé par le ton de la blessée, le policier obéit. Il avait la main sur la poignée de la porte lorsqu'il se ravisa et revint sur ses pas. Miss McCarthery frémit de colère :

— M'avez-vous entendu, oui ou non ?

— N'étant pas sourd, je vous ai parfaitement entendue, Miss, mais si vous pouvez chasser de chez vous le nommé McClostaugh, il vous est impossible d'expulser aussi facilement la Loi que je représente. Donc, je reste.

— McClostaugh, vous êtes un méprisable individu !

Peut-être, Miss, peut-être, mais je vous conseille de mesurer vos paroles, car Mrs Elroy pourrait servir de témoin si je vous déférais devant les tribunaux pour insultes à un policier exerçant son métier. Maintenant, voulez-vous me dire le nom de la personne qui vous a attaquée ?

— Je n'en sais rien !

— Dois-je comprendre que vous refusez de coopérer, Miss ?

— Enfin, McClostaugh, êtes-vous idiot ou faites-vous semblant ?

— Ne cherchez pas d'échappatoire. J'exige que vous me donniez le nom de la personne que vous avez suffisamment exaspérée pour qu'elle se livre à des voies de fait sur vous.

— Je vous répète que je ne la connais pas !

— Curieux... Vous sortez la nuit avec des gens que vous ne connaissez pas ?

— Savez-vous que j'ai atteint un âge où l'on est à peu près libre d'agir comme on l'entend sans en demander la permission à quiconque ?

— Cela dépend de l'éducation qu'on a reçue, Miss... Mais les dames qui ramènent la nuit chez elles des personnes qu'elles ne connaissent pas, surtout si par hasard ces personnes sont du sexe masculin, elles portent un nom, Miss...

D'un bond, Imogène se trouva debout sur sa descente de lit et, sans se soucier de ce qu'elle était en chemise de nuit, se rua sur McClostaugh qu'elle empoigna par la barbe et dont elle manqua d'arracher la tête tandis que le sergent poussait des hurlements de douleur. Quand l'Ecossaise lâcha l'insulteur, il tomba sur le derrière en bégayant :

— Cette... cette fois... vous n'y cou... couperez pas ! Mrs Elroy... vous avez vu...

Pendant qu'Imogène se recouchait et enlevait de ses doigts les poils de barbe arrachés, Mrs Elroy aida le policier à se remettre debout, tout en commentant :

— Vous avez eu ce que vous cherchiez, Archibald McClostaugh ! Insulter une femme de cette façon, c'est abominable ! Et ne comptez pas sur moi pour témoigner de quoi que ce soit, sinon pour jurer que vous êtes venu vous conduire comme une brute à l'égard d'une blessée... Vous feriez mieux de partir avant que je ne vous jette dehors !

— C'est bon, madame Elroy... Vous ne valez pas mieux qu'elle ! Je m'en souviendrai...

Et McClostaugh s'efforça, sans y parvenir, d'effectuer une sortie pleine de dignité.

Le policier parti, Mrs Elroy, pour répondre aux questions d'Imogène, entreprit de lui raconter ce qu'elle connaissait de son aventure et comment elle devait sans doute la vie à Samuel Tyler. Miss McCarthery s'en montra attendrie et promit de le remercier sitôt qu'elle serait en état de reprendre ses courses. Sur ce point, Mrs Elroy la rassura en lui rapportant les propos du docteur Elscott qui, ayant pratiqué quelques sutures dans le cuir chevelu de la blessée, avait déclaré :

— J'ai rarement vu un crâne aussi solide ! Il est vrai que son extraordinaire chapeau et ses cheveux ont amorti le coup mais, tout de même, n'importe qui à sa place eût été assommé pour de bon. Dans quarante-huit heures, elle sera sur pied et recommencera à empoisonner tout le monde.

Pincée, Miss McCarthery tint à se faire préciser :

— Il a bien dit « extraordinaire » chapeau ?

— Il l'a bien dit, Miss Imogène !

— J'ai toujours tenu Elscott pour un piètre médecin... Vous me le confirmez, Mrs Elroy !

L'écho de la clochette du jardin durement secouée interrompit les deux amies dans leurs confidences. La femme de charge s'apprêtait à répondre à cet appel lorsque Imogène l'arrêta :

— Prenez donc ce revolver, Mrs Elroy, on ne sait jamais qui vous pourriez trouver derrière la porte !

— Avec votre permission, je préfère mon balai... c'est une arme qui m'est plus familière !

C'était l'inspecteur Hastings qui semblait de très mauvaise humeur. Miss McCarthery, qui allait le recevoir avec gentillesse, en fut glacée.

— Je reviens de Glasgow, Miss, et j'apprends ce qui vous est arrivé cette nuit. Mais pourquoi, diable, êtes-vous ressortie ? Quand je vous ai vue rentrer chez vous, hier soir, après votre promenade, j'étais convaincu que vous ne risquiez plus rien et j'ai gagné la gare en toute quiétude. Expliquons-nous une fois pour toutes, Miss. C'est moi qui mène l'enquête et non vous. Alors, il faudra ou quitter la partie, ou obéir à mes instructions. Je ne suis pas le sergent McClostaugh !

Pas du tout la manière qu'il fallait employer avec Imogène si l'on voulait se faire entendre d'elle. Puisqu'il le prenait ainsi, qu'il cherche donc ses renseignements tout seul !

— Vous comprenez, j'espère, Miss, que tout cela ne fait pas très sérieux !

D'une petite voix, froide comme un glaçon mais ou vibrait un monde de rancunes accumulées, l'Ecossaise se contenta de répondre :

— Je souhaite tellement être prise au sérieux, inspecteur, que, la prochaine fois, je ferai de mon mieux pour qu'on m'assassine complètement. Comptez sur moi !

V

— J'ai un petit-cousin du côté de ma mère, Angus McDonald. Il habite près d'Inverness. Un bel homme qui marche sur ses soixante ans ! Il a perdu sa femme il y a longtemps et il reste seul, sans enfant. C'est une misère de voir une chose pareille alors qu'il ne sait même pas comment dépenser l'argent amassé dans son commerce de moutons. Souvent, avec Léonard, on se dit que si Angus rencontrait quelqu'un de bien, une femme dans ses âges, elle ne serait pas malheureuse et lui non plus... surtout qu'il ne tient pas spécialement à rester à Inverness...

Imogène ne prêtait qu'une oreille distraite aux propos de Mrs Elroy car, à cinquante-trois ans, elle découvrait les plaisirs de la paresse. Pour la première fois de sa vie, elle se faisait dorloter, gâter. Vieux bébé émerveillé, elle goûtait ces tendresses maternelles dont elle avait perdu le souvenir.

— Pourquoi me racontez-vous tout cela, Rosemary ?

Prise de court, cette dernière rougit, bafouilla un peu, puis se reprit :

— Parce que je vous aime bien... Si je me suis brouillée avec vous, il y a trois ans, c'est que je croyais tout de bon que vous vous étiez pervertie en vivant parmi les Anglais... Maintenant je sais que j'ai été injuste... et je ne veux pas oublier que vous avez été un peu mon bébé à moi... après que votre pauvre chère maman...

Elle n'en put exprimer davantage et Imogène découvrit encore la joie plus subtile des larmes mélangées.

— Je ne vois toujours pas le rapport entre votre amitié pour moi et le cousin Angus McDonald, Mrs Elroy ?

— Eh bien ! Miss, je pense qu'Angus ferait un bon mari pour vous...

— Me marier, moi ? A mon âge ? Ce serait ridicule ! Et puis, je me suis juré de rester fidèle à la mémoire de Douglas...

— Il ne faut jamais se lier aux morts, Miss Imogène, c'est contre nature... On doit rester avec les vivants... Bientôt, vous allez prendre votre retraite... Moi, je n'en ai plus pour tellement longtemps... Presque soixante-quinze ans, vous savez... et qui vous soignera ? Qui s'occupera de vous ? Qui vous offrira les petites choses dont on a toujours besoin ?

Sans aucun doute Douglas était trop loyal pour tenir rigueur, le cas échant, à Imogène de trahir un serment qu'il n'avait pas réclamé. D'autant plus que là où il se trouvait à présent, toutes ces histoires ne devaient pas compter beaucoup. Sentant que son adversaire faiblissait, Mrs Elroy poussa son avantage :

— Angus doit venir nous rendre visite ces jours-ci... Vous voulez bien que je vous le présente ?

— Pourquoi pas, Mrs Elroy ? Mais ne nourrissez pas d'illusions.. Je suis destinée à vieillir seule, fidèle à mes morts...

Fort contente de la noblesse de cette formule, elle se cala contre ses oreillers pour déguster le lunch préparé et, dans son imagination qui reprenait de la vigueur, elle s'assimila tout naturellement à Marie Stuart, enfermée au château de Lochleven, et cet Angus, dont on lui parlait, au comte Bothwell qui l'aimait et voulait la délivrer.

Le docteur Elscott s'était trompé de vingt-quatre heures. Imogène mit trois jours au lieu de deux pour se retrouver sur pied et prête à l'action. A la vérité, elle se serait levée plus tôt si Mrs Elroy ne l'avait surveillée de près. Le temps lui durait d'aller voir ce qui se passait à Callander. Elle ne comprenait pas, elle n'admettait pas que nul — à part le médecin bien sûr — ne fût venu lui rendre visite. Elle accusait indistinctement d'ingratitude l'inspecteur Hastings, le sergent McClostaugh et le constable Tyler, oubliant avec sérénité qu'elle n'avait pas confié tout ce qu'elle savait à propos de Morton à l'inspecteur, qu'elle avait traité le sergent de manière abominable et que c'était à elle, enfin, de témoigner de la reconnaissance à Samuel. Elle ignorait encore qu'Hastings se trouvait à Glasgow. Quant à Archibald, il s'avérait inutile d'espérer qu'il entrerait en contact avec Imogène, à moins que les nécessités de sa charge ne l'y obligeassent. Pour Tyler, il se conformait aux instructions et se contentait d'assurer ponctuellement un service qui n'incluait pas de visites à Miss McCarthery.

Depuis qu'on n'entendait plus parler d'Imogène, Archibald McClostaugh retrouvait son calme. Certes, il y avait cette vilaine histoire de crime perpétré au *Cygne Noir*, mais la police de Glasgow en assumait la responsabilité et le sergent y voyait d'autant moins d'inconvénient qu'il était persuadé qu'aucun de ses ressortissants ne serait impliqué dans l'affaire. L'inspecteur Hastings absent, Imogène dans son lit, Tyler à sa tâche, le sergent reprenait goût à la vie et ce d'autant plus qu'un joli soleil faisait chanter tous les ors des feuillages. Une belle journée. Planté sur le seuil du bureau de police, McClostaugh aspira l'air à pleins poumons, salua Mrs Frazer qui se rendait à son marché et, la barbe largement étalée sur la poitrine, montra à tous les habitants de Callander passant par là qu'ils pouvaient vaquer à leurs occupations en paix : la police de Sa Gracieuse Majesté veillait.

Cédant à l'euphorie qui lui paraissait sourdre de toutes parts, le sergent ressortit son cher échiquier, abandonné depuis le retour de Miss McCarthery et disposa les pièces pour se plonger dans les délices sévères des combinaisons stratégiques. Samuel Tyler en le retrouvant avec son échiquier en eut chaud au cœur. Tout redevenait comme avant. Archibald leva un œil rêveur vers le constable :

— Quelque chose à signaler, Samuel ?

— Rien, sergent. Tout est en ordre.

Archibald en ronronna de plaisir.

— Pas de nouvelles d'Hastings ?

— Aucune. Il doit mieux se plaire à Glasgow qu'à Callander.

— Et... là-bas ?

— Mrs Elroy n'est pas rentrée chez elle, d'où j'en déduis que la malade garde toujours le lit.

— Tant mieux... Dommage qu'on ne lui ait pas cassé une jambe ; elle serait réduite à l'immobilité pour un bout de temps !

Tyler se permit une amicale protestation :

— Sergent...

Mais l'autre ne se laissa pas attendrir.

— Tyler, j'aurai du mal à vous pardonner...

— Mais, enfin, sergent, je n'ai accompli que mon devoir ?

— Quand on accomplit son devoir, comme vous le dites, constable, on doit le faire avec intelligence, avec discernement. Et je ne puis m'empêcher de penser que si vous éprouviez la moindre sympathie à mon égard, vous n'auriez...

Tyler ne sut pas comment il aurait dû agir, car Miss McCarthery entra de l'allure majestueuse d'un vaisseau de Francis Drake rentrant au port après avoir victorieusement défait les Espagnols. Elle salua les policiers avec beaucoup de condescendance :

— Bonjour, gentlemen... L'inspecteur Hastings est-il là ?

Le constable regarda le sergent pour savoir s'il lui accordait le droit de répondre. Archibald se contenta de hausser les épaules.

— Vos déductions étaient fausses, Tyler...

Puis, très lentement, il se leva et s'approcha de la visiteuse.

— Au cas où vous ne vous en seriez pas rendu compte, Miss McCarthery, ici, c'est un bureau de police, pas un salon où l'on donne rendez-vous à des amis. Avez-vous une plainte à déposer ?

— Pas pour l'instant, mais je sens que si vous continuez sur ce ton, McClostaugh, ça ne va pas tarder !

— Auriez-vous perdu quelque chose ?

— Je ne crois pas.

— Vous a-t-on appris un événement que nous ignorerions et qui risquerait de troubler l'ordre public dans Callander ?

— Non.

— Dans ce cas, veuillez vous retirer ou je vous fais jeter dehors !

L'œil flambant, Imogène marcha sur McClostaugh.

— C'est à moi que vous osez vous adresser sur ce ton ?

D'un mouvement preste, Archibald saisit la matraque qui traînait sur son bureau.

— Prenez garde, Miss McCarthery ! Si vous vous permettez d'esquisser le moindre geste contre moi, je vous donne un de ces coups qui fêlera votre damné crâne pour le reste de vos jours !

Il semblait décidé et l'Ecossaise s'arrêta, indécise. Son orgueil lui commandait de ne pas céder, mais sa prudence l'incitait à rompre un débat inégal. Archibald tapa dans la paume de sa main gauche avec la matraque.

— Un caoutchouc dur comme du bois, Miss. Je

doute qu'une tête, fût-elle du clan des Mac Gregor, y puisse résister. Tyler, reconduisez cette personne !

Bien embêté, le bon Samuel toucha l'épaule d'Imogène.

— Vous avez entendu, Miss ?

— Comme je suis heureuse de vous voir, Samuel ! Et comme je vous plains d'être contraint de vivre avec un individu aussi peu ragoûtant que celui auquel nous pensons, n'est-ce pas ? En tout cas, vous m'avez sauvé la vie et je ne l'oublierai jamais ! Mon père avait de l'amitié pour vous et il se trompait rarement quand il s'agissait de juger autrui... Il savait que vous étiez un brave homme et un noble cœur ! Cela compense la grossièreté de ce sergent — on se demande d'ailleurs, entre nous, par quelle combinaison plus ou moins louche, il a pu obtenir ses galons — qui porte un si terrible préjudice à la réputation de la police écossaise.

Archibald avait beau s'être juré de se maîtriser et de ne permettre à personne de lui gâter cette journée, il y a des limites. Et lorsqu'il entendit le constable, ému, attendri, bafouiller : « Vous êtes trop bonne, Miss... », il avança vers son subordonné un visage que la colère n'embellissait pas pour demander :

— Dois-je comprendre, Tyler, que vous approuvez ces injures et ces calomnies ?

— Non ! Oh ! non, sergent !

— Alors, qu'est-ce que vous attendez pour exécuter mes ordres ?

Le constable se reprit :

— Il faut partir, Miss Imogène... Ne faites pas d'histoires, je vous en prie !

Dégoûté, McClostaugh haussa les épaules :

— « Je vous en prie ! » Vous n'êtes plus à la hauteur de votre tâche, Tyler, et je serai dans l'obligation de le signaler ! « Je vous en prie ! » Quelle pitié !

Tyler supplia presque :

— Vous partez, n'est-ce pas, Miss ?

— Bien sûr, mon bon Samuel, car il y a des fréquentations qu'une honnête femme se doit d'éviter, mais je veux auparavant vous remercier.

Sans que le constable ait eu le temps de prévoir son geste, Imogène lui sauta au cou et l'embrassa longuement sur les deux joues. Archibald en hoqueta de surprise, sans parvenir à trouver des mots assez forts pour stigmatiser comme il se devait un pareil manquement à la discipline lorsqu'une voix railleuse se fit entendre :

— C'est bien la première fois de ma vie que je vois un policeman manifester un sentiment humain !

Cette intrusion ramena le calme. Imogène lâcha Tyler, Archibald ravala ses imprécations et tous trois regardèrent le nouveau venu en qui Miss McCarthery reconnut ce garçon dégingandé qui, au *Fier Highlander*, l'avait interrogée. Il souriait et, malgré ses lunettes, son imperméable quelque peu crasseux, sa cravate de travers et sa casquette qu'il devait porter depuis un nombre d'années respectable, il inspirait la sympathie, sauf, toutefois, au sergent qui marcha à sa rencontre — se contentant d'affirmer au passage à Tyler que son compte était bon — pour lui crier dans le nez :

— Qu'est-ce que vous venez chercher, McRae ?

— Je viens vous voir, sergent McClostaugh.

— A quel sujet ?

— Au sujet du meurtre de John Morton, pardi ! Alors, elle progresse, cette enquête ?

— Vous avez un sacré culot, McRae ! Et figurez-vous que les journalistes, je ne peux pas les supporter !

— En somme, une espèce d'allergie, si je comprends bien ?

— Filez vous promener, McRae, avant que je ne me mette en colère pour de bon !

— Je voudrais bien, seulement mon journal me paie pour le renseigner et non pour prendre des vacances à Callander.

Sans plus s'occuper de son interlocuteur, McRae s'adressa à Imogène :

— Miss McCarthery, depuis que je me trouve à Callander, on ne me parle que de vous... Je serais très heureux si vous vouliez bien m'accorder une interview ?

McClostaugh vit rouge. Il empoigna le frêle reporter par une épaule et le poussa vers la porte en hurlant :

— Foutez-moi le camp !

Sur le seuil, le policier et le journaliste qui se débattait se heurtèrent à l'inspecteur Hastings.

— Qu'est-ce qui vous prend, sergent ? Vous bousculez la presse, à présent ? Comment allez-vous, McRae ?

— J'allais bien avant de rencontrer cet olibrius...

— Allons, serrez-vous la main et oubliez cet incident... Heureux de vous revoir, Miss McCarthery. Complètement remise ?

— Complètement. Vous voudrez bien m'en excuser.

Imogène semblait avoir le don de mettre Hastings en joie. Il rit avant de répliquer :

— C'est à moi de m'excuser, Miss ; je me suis montré un peu brutal la dernière fois que nous nous sommes vus. En tout cas, grâce à vous et au péril de votre vie, nous savons que quelqu'un ne veut pas que nous nous mêlions du passé de Morton... Ce que nous allons nous efforcer de faire, d'ailleurs. Je ne vous cacherai pas qu'à Glasgow, on n'est pas très content. Voilà cinq jours qu'on a découvert le corps de Morton et nous ne sommes guère plus avancés qu'à ce moment-là. On ne trouve absolument rien dans vos rapports, McClostaugh ?

— Parce que je n'ai rien à y mettre ! Je ne peux pourtant pas inventer des histoires pour plaire à ces messieurs du C. I. D. de Glasgow, tout de même !

— Evidemment... Mais ce n'est pas une excuse que nos supérieurs accepteront, sergent. Persuadez-vous-en ! Il nous faut tout reprendre depuis le début. Autant nous y mettre le plus vite possible. Retournons voir Jefferson McPuntish...

— On va recommencer l'interrogatoire du personnel ? Mais je l'ai déjà questionné ! Et je n'en ai rien tiré !

— Laissez-moi espérer que vous ne vous y êtes peut-être pas pris comme il fallait.

Le journaliste demanda la permission de poser une question, permission qu'on lui accorda.

— D'après ce que j'ai entendu Miss McCarthery dire au *Fier Highlander*, je pensais qu'elle connaissait l'homme rencontré par Morton ?

L'inspecteur se chargea de fournir des éclaircissements :

— Malheureusement non. C'était un piège que nous tendions à l'assassin.

— Mais... Miss McCarthery risquait sa vie ?

— Elle ne l'ignorait pas.

Sans répliquer, McRae jeta à Imogène un regard admiratif qui réchauffa cette dernière.

Hastings se leva.

— En route pour le *Cygne Noir*. Quelque chose qui ne va pas, McClostaugh ?

— On emmène cette demoiselle et ce journaliste ?

— Miss McCarthery a payé assez cher, j'estime, le droit de suivre l'enquête. Quant à McRae, il vaut mieux l'avoir avec nous que de le trouver toujours fourré dans nos jambes. J'ai déjà eu l'occasion de travailler en sa compagnie. Il est correct et ne publiera rien que je ne lui aie donné mon accord.

Le reporter s'inclina :

— Merci, Hastings.

Lorsque l'inspecteur et sa troupe débarquèrent au *Cygne Noir*, Jefferson McPuntish sentit ses jambes se dérober sous lui. Homme paisible, il éprouvait une horreur innée pour tout ce qui pouvait déranger son train-train quotidien et c'est la raison qui le poussait à détester les policiers, grands semeurs de trouble. Malgré sa courtoisie naturelle il ne put s'empêcher de soupirer : « Encore ! » quand Hastings lui annonça qu'il avait à lui parler.

— Parfaitement, Mr McPuntish, et ce n'est pas fini ! On a assassiné un de vos clients et c'est ce que vous appelez faire votre métier ?

Bouleversé par cette injustice qui lui mettait des larmes aux yeux, Jefferson essaya de protester :

— Mais qu'est-ce que je pouvais empêcher ?

— Quand on n'est pas capable de tenir un hôtel, on choisit un autre métier ! C'est facile, Mr McPuntish, d'accuser ces bons vieux fantômes écossais, mais, moi, je n'y crois pas aux fantômes !

Dans le silence horrifié qui suivit sa profession de foi, Hastings perçut la réprobation générale et tenta de se rattraper en ajoutant :

— ... Du moins quand je suis en service commandé.

L'espèce de hennissement qu'il entendit dans son dos lui donna à penser que Miss McCarthery n'était pas dupe de sa manœuvre et que cet incident stupide risquait de lui compliquer encore sa tâche. Cela le mit de plus méchante humeur encore et ce fut McPuntish qui en supporta les conséquences.

— McPuntish, le moment n'est plus aux tergiversations ! Que savez-vous de Morton ?

— Moi ? Rien...

— A moins que vous ne teniez pas à parler ?

— Mais pourquoi, mille tonnerres de bonsoir du diable !

— Prenez un autre ton, je vous prie. Voyons, McPuntish, voilà un homme, Morton, qui éprouve assez d'inquiétude pour s'en ouvrir à la police et il ne vous en parle pas ?

— Non.

— Et ça ne vous étonne pas ?

— Non.

— En somme, si je comprends bien, vous vous moquez éperdument de ce qui se passe chez vous ?

Alors, Jefferson explosa :

— C'est honteux ! Tout simplement honteux ! Trente-cinq ans que je tiens cet hôtel ! Vous entendez ? Trente-cinq ans ! Et jamais personne n'a osé me parler sur ce ton ! J'écrirai à Glasgow ! Je me plaindrai ! Vous n'avez pas le droit de m'insulter !

— C'est terminé ?

— Non, ce n'est pas terminé ! Tout inspecteur que vous êtes, je vous...

L'hôtelier s'arrêta net. Doucereux, Hastings s'enquit :

— Vous me... monsieur McPuntish ? Ce ne sera pas terminé avant que vous ne m'ayez dit ce que vous savez sur John Morton.

— Mais enfin, combien de fois faudra-t-il vous répéter que j'ignore tout de cet homme, sauf ce qui est inscrit sur sa fiche ! Je ne suis pas chargé de confesser mes clients, tout de même !

— Et il ne vous a jamais adressé la parole ?

— En tout cas, je ne m'en souviens pas. S'il l'a fait, ce fut pour échanger des banalités du genre : « Belle journée ! » ou : « Il va peut-être bien pleuvoir... », sauf quelques instants avant sa mort.

— Ah ?

— J'étais assis sur le banc, là, juste comme Morton rentrait. Il est venu s'asseoir à côté de moi. Il paraissait préoccupé. Il m'a demandé si je croyais aux fantômes. Je l'ai apaisé du mieux que j'ai pu. Je lui ai dit tout le bien que je pensais de ma tante Moira...

— Qu'est-ce que votre tante avait à voir là-dedans ?

— C'était pour le rassurer, inspecteur. Je lui avouai que, moi aussi, par instants, je me sentais un peu perdu ; alors j'appelais ma tante Moira — une femme de bon conseil — qui ne manque jamais de venir à mon secours.

— Mais, nom d'un chien, qu'est-ce que ça pouvait lui faire à Morton que votre tante soit de bon conseil et qu'elle se rende à votre appel ?

— C'était pour le rassurer, je vous le répète. Parce que ma tante — pauvre chère femme — c'est un fantôme maintenant...

— C'est...

— Eh oui, inspecteur... Il y aura vingt ans à Noël qu'elle nous a quittés.

Hastings souhaita que le bonhomme se moquât de lui, mais il dut reconnaître qu'il n'en était rien. Un rapide coup d'œil sur McClostaugh et l'Ecossaise lui donna à entendre que tous deux ne trouvaient rien d'extraordinaire à ce que racontait l'hôtelier. Le journaliste qui, visiblement, s'amusait beaucoup, prenait des notes. Le policier se domina :

— Mr McPuntish, je n'aime pas du tout vos histoires de fantôme en balade et je vous conseille vivement de les garder pour vous. Qu'est-ce que vous avez comme personnel ?

— Depuis une quinzaine, il est réduit au minimum. Obson, le cuisinier ; Jenny, la fille de cuisine ; Trunket, le maître d'hôtel ; Fiona, qui sert à la salle à manger ; Elspeth, qui a la charge du deuxième étage, et Isla, qui s'occupe du premier où Morton avait sa chambre.

— Appelez tout ce monde-là et vite !

McPuntish parti, Imogène demanda :

— D'où était votre mère, Mr Hastings ?

— Ma mère ? De Newcastle, Miss.

— Je m'en doutais !

— Je serais curieux de savoir, Miss, comment vous avez pu vous douter que ma mère était de Newcastle ?

— J'ignorais qu'elle ait vu le jour à Newcastle, mais je pensais bien qu'elle devait être anglaise. Vous n'êtes qu'un Ecossais de raccroc.

— Miss McCarthery, comment dois-je prendre cette réflexion ?

— Comme une explication, inspecteur ; une simple explication.

— Une explication à quoi, Miss ?

— Disons à un... scepticisme qui s'affirmerait incompréhensible si vous étiez un vrai Ecossais.

En entrant, les domestiques évitèrent à l'inspecteur de répondre. Il les examina, puis désignant une grosse fille peu soignée de sa personne :

— Vous, là, comment vous appelez-vous ?

— Jenny Dermot, sir.

— Dites-moi ce que vous savez de John Morton.

— De qui ?

— De John Morton.

— Je le connais pas.

— Celui qu'on a trouvé mort dans sa chambre.

— Je l'ai jamais vu.

Ça commençait mal. Le policier avisa un garçon à l'air dédaigneux :

— Et vous, quel est votre nom ?

— Obson, sir... Peter Obson, le chef de cuisine. Je n'ai aucun contact avec la clientèle et je ne me souviens pas avoir rencontré le gentleman dont vous parlez. Je le regrette.

Rageur, Hastings s'adressa à une jeune femme élégante qui lui souriait :

— Vous ?

— Fiona Scott, sir... C'est moi qui sers à table.

— Rien remarqué à propos de Morton ?

— Un gentleman parfaitement élevé, sir. Toujours exact à l'heure des repas et ne se plaignant jamais de ce qu'on lui servait. Il estimait que j'avais une silhouette de star. Un gentleman plein de jugement, sir.

— Je n'en doute pas. Et vous, Miss ?

— Elspeth Bryan, sir. Je suis la femme de chambre du second étage. Je n'ai jamais eu l'occasion d'adresser la parole à Mr Morton. Je le regrette, sir.

Découragé, l'inspecteur interrogea la dernière :

— Je vous écoute, Miss ?

— Isla Duns, sir. Je suis la femme de chambre du

premier étage. Mr Morton était un très gentil vieux gentleman. Il prenait bien garde de nous donner le moins de travail possible.

— Oui, oui... Le jour de sa mort, vous n'avez rien noté de spécial ?

— Juste avant d'entrer dans sa chambre, il m'a demandé si je croyais à l'existence des fantômes. Je lui ai répondu que j'y croyais, naturellement, puisque j'ai servi dans une maison où il y en avait un...

— Ça suffit, Miss ; je vous remercie.

— Mais je voulais...

— Ça suffit, Miss ! Et vous, mon ami ?

— Archibald Trunkett, sir, maître d'hôtel.

Trunkett était un personnage solennel qui donnait l'impression de s'écouter parler avec une complaisance certaine.

— Ainsi que vous l'avez sûrement appris, sir, Mr Morton appartenait à notre milieu. Il avait, d'après ce qu'il m'a confié, une longue carrière derrière lui, dans des maisons honnêtes sans plus. Il manquait un peu de la classe indispensable pour appartenir à un établissement de premier ordre. Par ailleurs, un gentleman fort courtois, s'efforçant de soulager la tâche du personnel, comme on vous l'a dit.

— Il ne vous a jamais demandé votre opinion sur les fantômes ?

Le maître d'hôtel eut un haut-le-corps indigné :

— Il ne se le serait pas permis, sir.

— Pourquoi donc ?

— Parce que je suis Anglais, sir.

Pendant que l'inspecteur menait cette série de brefs interrogatoires, Imogène n'avait cessé de l'observer et de le trouver antipathique. Elle se demandait avec incrédulité comment il avait pu lui paraître bel homme lors de sa première visite. Il était grand et carré d'épaules, évidemment, mais le visage aux traits épais, la petite moustache en brosse n'annonçaient pas une particulière distinction d'esprit. Nul doute que le sang anglais de la mère n'ait triomphé du sang écossais du père. Cette suffisance, cette brutalité, ces railleries mesquines dont Hastings lui semblait faire preuve poussaient Imogène à regretter qu'elle ne puisse le soupçonner du meurtre de Morton. Mais les policiers britanniques — fussent-ils d'ascendance anglaise — n'ont pas encore pour habitude de se substituer au gibier qu'ils traquent. Miss McCarthery n'était pas loin de le regretter.

Lorsqu'il se fut assuré que les policiers et l'abominable Ecossaise aux cheveux rouges avaient quitté son hôtel, Jefferson McPuntish retourna dans la petite pièce lui servant de poste d'observation et décida de s'offrir un whisky pour fêter sa délivrance. Il ne se doutait pas, le malheureux, qu'Imogène n'était pas partie avec les autres. En effet, au moment de monter dans la voiture de police conduite par McClostaugh, elle décida de rentrer à pied pour jouir des heures ensoleillées de cette belle matinée. McRae sollicita la faveur de lui tenir compagnie. Elle accepta et Hastings, haussant les épaules, commanda au sergent de rouler. Sitôt la voiture disparue, Miss McCarthery ordonna au journaliste :

— Attendez-moi là, Mr McRae, je reviens tout de suite...

— Puis-je vous demander où... ?

— Je suis sûre que la petite femme de chambre voulait dire quelque chose... et on ne lui en a pas laissé le temps... J'espère qu'à moi elle se confiera.

— Ne voulez-vous pas que je...

— Non, non... vous risqueriez de l'intimider.

La chance servit Imogène. Passant par les communs, elle aperçut Isla qui portait des draps à la buanderie. La hélant, elle se hâta de la rejoindre.

— Mon petit, je suis convaincue que vous ne nous avez pas tout raconté sur John Morton ?

— L'inspecteur ne m'en a pas laissé le temps ! J'ai pensé que... Mais non... c'est stupide !

— Qu'est-ce qui est stupide ?

A ce moment, Trunkett apparut et appela sèchement Isla qui s'excusa auprès de Miss McCarthery.

— Il faut que je m'en aille... On a besoin de moi... Mr Trunket est très sévère.

— Racontez-moi vite l'essentiel !

Les deux femmes se mirent en marche vers l'hôtel où elles pénétrèrent ensemble.

— J'ai connu Mr Morton à Maryport, à l'hôtel *Le Poisson et le Cheval*. Je servais sous ses ordres l'année où il y a eu ce drame...

— Quel drame ?

— Alors, Isla, vous vous décidez oui ou non ?

La voix de Trunkett résonnait dans la cage d'escalier.

Imogène la retint par le bras.

— Je n'ai pas le temps, Miss, excusez-moi.

— Ecoutez-moi, mon petit, je rentre chez moi. Mon téléphone est le 7. Appelez-moi sitôt que vous aurez un moment de libre... A l'heure du déjeuner, par exemple ?

— Entendu, Miss.

Et Isla s'envola dans l'escalier pour rejoindre le solennel Trunkett.

En voyant repasser devant son bureau Imogène qu'il imaginait partie depuis un certain temps, McPuntish manqua s'évanouir. Il s'arracha péniblement à son fauteuil, se dirigea en titubant vers la glace lui permettant de surveiller l'entrée de l'hôtel tout en tournant le dos à la porte, scruta son visage, examina ses yeux, revint à son fauteuil, s'y laissa tomber lourdement en gémissant :

— Ce n'est pas possible ! J'ai déjà des hallucinations !

McRae, mis au courant par Imogène, frétilla d'impatience :

— Oh ! Miss... il se pourrait bien que, grâce à vous, je tienne un papier sensationnel !

Charmée par cet enthousiasme, Miss McCarthery invita le journaliste à partager son lunch. Mrs Elroy fit bien un peu la grimace en accueillant ce personnage assez extraordinaire qui heurtait toutes ses croyances quant à la décence, l'hygiène et la dignité, apanages du parfait gentleman. Se méfiant, elle s'arrangea pour être le plus souvent présente auprès des deux convives et, lorsqu'il lui fallait quitter la place, elle laissait entrouverte la porte de la cuisine pour écouter la conversation.

Après qu'Imogène et son hôte eurent fait le point en ce qui concernait l'enquête en cours, McRae la questionna sur elle-même, sur ses exploits passés qui défrayaient encore la chronique de Callander. Mais Imogène lui proposa mieux :

— Jeune homme, il y a quelque chose de plus intéressant à tenter. Je n'ai aucune confiance dans les capacités d'Hastings. Son sang anglais le prive de cette subtilité qui coule dans nos veines. Vous l'avez entendu railler nos fantômes ? Vous avez vu la manière dont il a traité cette petite Isla qui était sur le point de lui fournir des renseignements intéressants ? Que peut-on espérer d'un homme pareil ? Je veux essayer de résoudre seule le problème du meurtre de Morton et je suis certaine d'y parvenir. Alors, ce jour-là, on verra la tête que fera Mr Hastings... Si je puis compter sur votre discrétion, je suis prête à vous accepter comme compagnon. Vous aurez l'exclusivité du récit de notre aventure pour votre journal. Qu'en pensez-vous ?

Hamish McRae poussa un « Hurrah ! » qui amena l'apparition de Mrs Elroy, tout à fait convaincue maintenant que ce garçon n'était pas un gentleman.

— Chère Miss McCarthery, je serai votre docteur Watson... et je suis persuadé que vous vous débrouillerez aussi bien que son patron Sherlock Holmes !

Vers quatorze heures, tandis qu'Imogène exposait son plan d'action à McRae, le téléphone sonna. Mrs Elroy annonça qu'une nommée Isla Duns demandait à parler à Miss McCarthery.

— Allô ! Isla ?

— C'est moi, Miss... Je n'ai pas eu le temps de vous confier ce matin que je me trouvais avec Mr Morton à Maryport lorsque ce pauvre homme s'est tué...

— Quel homme ?

— Je ne me souviens plus de son nom, mais Mr Morton s'en était trouvé très affecté, seulement ce que je ne comprends pas, c'est que votre ami ressemble beaucoup à...

— Quel ami ?

— On vient, Miss, et le personnel n'a pas le droit de se servir du téléphone. Si vous voulez bien, j'irai vous voir ce soir vers dix heures... ?

— Entendu. Je vous attends.

Lorsqu'elle eut résumé sa conversation avec Isla au journaliste, ce dernier ne cacha pas sa surprise.

— Qui entend-elle par votre ami ? Et à qui ressemble-t-il ?

— Je le saurai ce soir.

— Est-ce que vous me permettez d'assister à l'entretien ?

— J'allais vous le demander, car je tiens à avoir un témoin.

Grognonne, Mrs Elroy remarqua :

— Et moi, je ne pourrais pas être un témoin suffisant ?

— Non, parce qu'on sait que vous êtes à mon service et votre parole ne vaudrait rien. Il faut se méfier d'Hastings. Quand il se verra battu, il cherchera la petite bête.

McRae prit congé d'Imogène en lui répétant tout le plaisir qu'il éprouvait à collaborer avec elle. Un instant, devant le visage de clown de son interlocuteur, Miss McCarthery eut l'impression qu'il se moquait peut-être bien d'elle, mais, chassant vite cette idée, elle reconnut que le journaliste était sincère, mais qu'il avait simplement pris l'habitude dans les bars de Glasgow de ne rien considérer avec sérieux. Un genre sans doute qu'il se donnait et qui cachait peut-être une âme tendre ? Son imagination s'enflammant, elle retint la main de McRae dans la sienne et lui dit d'une voix profonde :

— Hamish — vous permettez que je vous appelle ainsi, n'est-ce pas ?

— Mais, je vous en prie...

— Je suis sûre que tout ira bien entre nous à la seule condition que vous ne tombiez pas amoureux...

— Pardon ?

— Travailler avec une femme, partager ses périls, ses espoirs peut vous incliner à des sentiments que je ne veux plus connaître...

McRae accusa le choc, mais Imogène, trop occupée de son propre personnage, ne remarqua pas que son vis-à-vis flottait, cherchant en vain ce qu'il devait répondre. La situation le dépassait et il avait un mal fou à retenir l'hilarité le secouant intérieurement. Miss McCarthery montra d'un geste noble la photographie de Douglas Skinner :

— Je suis et demeurerai fidèle à celui dont j'ai failli être la compagne... J'ai cru de mon devoir de mettre les choses au point. Vous ne m'en voulez pas ?

Se mordant les lèvres pour garder son sérieux, le reporter répondit avec onction :

— Je vous remercie de votre confiance, Miss. Je saurai me taire quels que soient les sentiments que vous m'inspirerez...

On se quitta enchanté de part et d'autre.

Imogène était désormais suffisamment bien portante pour que Mrs Elroy retournât chez elle passer la nuit, car son mari Léonard commençait à se sentir négligé ; mais, ce soir-là, Miss McCarthery lui demanda de rester. Elle ne tenait pas à recevoir

McRae sans chaperon. La vieille femme accepta et en profita pour lui démontrer que si elle était mariée, elle n'aurait pas ce genre de préoccupation, ce qui l'amena tout naturellement à prononcer un nouvel et vibrant éloge de son petit-cousin, Angus McDonald.

Imogène vécut un après-midi fiévreux. Elle supposait qu'Isla allait lui apporter des révélations telles qu'elle pourrait, dès le lendemain, en présence de McClostaugh et Tyler, expliquer toute l'affaire à Hastings en lui laissant simplement le soin d'arrêter le coupable. A vingt et une heures, Hamish McRae se présenta, ce qui calma l'impatience d'Imogène. Mrs Elroy eut la bonté de leur préparer du thé. A vingt et une heures trente-cinq, le téléphone sonna. Miss McCarthery se précipita.

— Miss McCarthery à l'appareil...

Sur un signe d'Imogène, Hamish prit l'écouteur.

— C'est Isla, Miss...

— Qu'est-ce qui se passe, Isla ?

— J'ai peur, Miss... Il me semble qu'il me suit...

La petite avait une voix sourde, angoissée qui fit frissonner Imogène.

— Mais qui vous suit ?

— Votre ami... le policier.

— Hastings ? Dans ce cas, vous n'avez rien à craindre !

— Oh ! si, Miss... Parce que c'est lui qui était en même temps que moi à Maryport avec le pauvre Mr Morton...

— Qu'est-ce que vous dites... ?

— Je vais tâcher d'arriver jusque chez vous, Miss... De toute façon, je n'ose pas revenir sur mes pas... J'ai trop peur...

— Isla... Isla ? Répondez-moi, Isla !

Au bout du fil, on entendait encore le mot « peur » et puis plus rien. Blême, Miss McCarthery raccrocha.

— Hastings... Comment est-ce possible ?

McRae se montra sous un jour nouveau :

— Si vous m'en croyez, Miss, ce n'est pas le moment de se poser des questions ; il faut aller à la rencontre de cette jeune fille.

Mrs Elroy voulut s'interposer, trouvant stupide de courir des dangers inutiles, mais Imogène l'interrompit sèchement :

— Cette petite vient me voir, Mrs Elroy. Elle a confiance en moi. Je n'ai pas le droit de l'abandonner. D'ailleurs, avec Hamish, je ne risque rien.

Miss McCarthery et McRae découvrirent le corps d'Isla Duns à moins de trois cents mètres de la maison. On l'avait tuée sur le coup en lui fendant le crâne. Lorsque le journaliste, qui s'était agenouillé pour se rendre compte, se releva en écartant les bras dans un geste d'impuissance, Imogène ne put se tenir de remarquer :

— Elle aurait dû porter un chapeau...

VI

La barbe soigneusement étalée sur le revers du drap, Archibald McClostaugh dormait du sommeil magnifique des âmes pures et des estomacs consciencieux. Un sourire élargissait sa bouche et donnait à ce visage rustaud, embroussaillé de poils roux, un air d'innocence attendrissant. Archie rêvait qu'au cours de tournois de plus en plus difficiles, il s'affirmait le champion incontesté parmi tous les joueurs d'échecs écossais. Son imagination, délivrée des rigueurs impitoyables du temps et de la durée, brûlait les étapes. Une série de succès — tous plus foudroyants les uns que les autres — l'amenaient à la grande finale d'Edimbourg. Il y remportait la victoire avec une désinvolture qui frappait d'étonnement les plus fins connaisseurs. Puis, modeste, après avoir reçu les félicitations de ses chefs qui commençaient à éprouver quelques remords d'avoir cantonné dans une petite agglomération un esprit aussi subtil, Archibald rentrait à Callander où sa gloire faisait sombrer dans l'oubli celle injustement acquise par Miss McCarthery. Tous les habitants, groupés à l'entrée de la ville, l'attendaient pour l'acclamer et la musique, dirigée par Keith McCallum, emplissait l'air des gémissements plaintifs des cornemuses que soulignaient les amples échos de la grosse caisse vigoureusement maniée par Fergus McIntyre. Bien qu'il se sentît très flatté de cet accueil exceptionnel, McClostaugh jugeait que McIntyre tapait vraiment un peu fort sur son instrument et que McCallum aurait pu mettre une sourdine à ses cornemuses. Ces musiciens devenaient enragés ! et le bruit infernal qu'ils menaient finit par arracher le sergent de son sommeil glorieux pour le replacer dans la médiocre réalité, c'est-à-dire la petite chambre qu'il occupait au-dessus de son bureau. Archibald, aux limites du rêve, hésitait, mais le bruit gagnant en intensité dissipa les dernières ombres embrumant encore la cervelle du sergent qui fut bien forcé de se rendre compte que la grosse caisse de McCallum était née des coups qu'on portait dans la porte du poste de police et que les gémissements des cornemuses se révélaient les piaillements d'une voix féminine où il crut repérer les accents de l'abominable McCarthery...

Sautant à bas de son lit — partagé entre l'inquiétude et l'indignation — le sergent, en chemise de nuit, ses pieds nus aux orteils relevés tâtant précautionneusement le plancher, s'approcha de la fenêtre mais, avant de l'ouvrir, par un réflexe professionnel, il se coiffa de son casque, puis se pencha pour interpeller les énergumènes qui menaient ce vacarme.

— Et alors, quoi ? Qu'est-ce qui vous prend ? Vous ne savez pas l'heure qu'il est ?

Quand ils levèrent leurs visages vers lui, Archibald reconnut Miss McCarthery et le journaliste qui lui déplaisait si fort. Il eut un mouvement de recul et gémit :

— Saint Andrew, venez à mon secours !

Puis son sang écossais entrant d'un coup en ébullition, il empoigna son revolver et hurla :

— Arrêtez ce tapage ou je vous tire dessus !

De chaque côté de la rue, des lumières apparaissaient aux fenêtres. D'en bas, Imogène cria :

— Ne soyez pas stupide, Archibald ! Si nous sommes là, vous devez penser que ce n'est pas pour nous amuser ? Descendez et vite ! C'est grave...

Le sergent enfila son pantalon, mit ses chaussettes et ses souliers, tout cela dans une sorte d'état second. On était en Ecosse, sang du Christ ! De quel droit cette infernale fille se moquait-elle des lois ? En passant sa tunique, McClostaugh se promit de demander son changement : il ne pouvait plus la supporter. Elle le transformerait en criminel à brève échéance ou le ferait devenir fou. L'esprit encore un peu confus, il descendit lourdement l'escalier, s'arrêta un instant dans son bureau pour lamper une goutte de whisky qui acheva de le réveiller, puis il ouvrit la porte par où McRae et Miss McCarthery s'engouffrèrent. Tout de suite, il les avertit :

— Si vous m'avez dérangé pour rien, vous finirez la nuit en cellule !

— Archibald, Isla est morte !

— Isla ?

— Isla Duns, la femme de chambre du *Cygne Noir*, celle qui s'occupait de l'étage de John Morton !

— Et de quoi est-elle morte ?

— On lui a fendu le crâne !

— Alors, ça continue ! Mais quel genre de femme êtes-vous donc, Miss McCarthery ?

— Moi ?

— Oui, vous ! Expliquez-moi comment il se fait que Callander soit la ville la plus paisible d'Ecosse tant que vous n'êtes pas là et que sitôt que vous arrivez, les gens s'y assassinent comme si le meurtre y devenait un sport national ?

Avec bon sens, Hamish McRae remarqua :

— J'estime, sergent, que c'est là une question à laquelle vous aurez tout le temps de répondre ! Pour l'instant, vous devriez vous hâter d'appeler le médecin et de vous rendre auprès du corps de cette malheureuse fille ?

D'une mauvaise foi parfaite, McClostaugh demanda au journaliste s'il était venu à Callander dans l'intention de lui apprendre son métier, ce dont l'autre se défendit :

— Dans ces conditions, Mr McRae, vous voudrez bien me laisser diriger les opérations. Pour commencer, il faut aller réveiller Tyler. Il n'y a aucune raison qu'il dorme pendant que je travaille, alors qu'il n'est qu'un simple constable sous mes ordres. Dougal Hastings doit être prévenu également et il sera, j'en suis sûr, heureux de participer à cette petite fête nocturne...

Imogène protesta :

— Et Isla, pendant ce temps ?

— Dans l'état où vous me dites qu'elle est, Miss, elle ne risque pas de nous fausser compagnie. Pendant que vous préviendrez l'inspecteur, moi je vais alerter Elscott.

Imogène et McRae sortirent avec autant de précipitation qu'ils étaient entrés. Archibald téléphona à Elscott, lequel était en train de se glisser dans ses draps avec ce soupir de l'homme harassé qui se demande si on ne s'est pas fichu de lui en le mettant au monde. La sonnerie suspendit son geste et il resta un instant immobile, hésitant entre la révolte et le désespoir. Il choisit la résignation et, d'une voix où vibrait toute la lassitude du monde, il chuchota :

— Docteur Elscott...

— Ici, le sergent McClostaugh, docteur. J'ai une bonne nouvelle pour vous !

— Vous êtes à l'agonie ?

— Pardon ?

— Vous m'annoncez une bonne nouvelle, sergent, et la seule que je pourrais recevoir, c'est d'apprendre que vous êtes allé embêter mes confrères déjà arrivés en paradis. Sur ce, je vous écoute ?

— Une cliente pour vous.

— Je m'en doute. Où ?

— Sur la route de Perth, entre Callander et la maison de la McCarthery.

— Un voisinage que je n'aime pas, McClostaugh !

— Votre future cliente doit partager votre opinion, docteur.

— Ah ?... Dois-je comprendre qu'elle est... ?

— Elle est... docteur. Rendez-vous là-bas où je vous rejoins après avoir été réveiller ce paresseux de Tyler !

L'inspecteur Hastings n'était pas couché lorsque Miss McCarthery et son compagnon vinrent le chercher. Se rappelant le ton angoissé d'Isla, Imogène évita de parler au policier qui n'était peut-être, après tout, qu'un assassin. Hastings ne parut pas remarquer cette froideur. Tout le monde se retrouva autour du corps de la malheureuse Isla. Les constatations faites, et après que McClostaugh eut fait transporter la dépouille de la petite femme de chambre dans la pièce du poste de police servant à cet effet, l'inspecteur tint à accompagner Imogène chez elle. Celle-ci accepta à condition que le journaliste fît de même. McRae, comprenant la peur éprouvée par Miss McCarthery à l'idée de se retrouver seule, dans la nuit, avec un homme qui pouvait être un meurtrier, donna son accord. Mrs Elroy, qui ne s'était pas couchée, offrit de faire du thé, mais Hastings refusa très sèchement et, visiblement décidé à ne pas perdre de temps, il interrogea :

— Pourriez-vous me dire, Miss, pour quelles raisons Isla Duns se trouvait sur le chemin menant chez vous à une heure aussi tardive ?

— Sans doute parce que cela lui plaisait, inspecteur !

— Miss, je ne pense pas que le moment soit particulièrement choisi pour plaisanter.

— Alors, ne me posez pas de questions auxquelles il m'est impossible de répondre !

— Miss McCarthery, il est de mon devoir de vous rappeler qu'en cachant à la police des renseignements qui permettraient d'orienter nos recherches, vous vous feriez la complice du criminel.

— Je vous remercie de cet avertissement, inspecteur, et j'y prendrai garde ; vous pouvez y compter !

On vit les veines des tempes du policier gonfler,

révélant ainsi une pression intérieure en relation directe avec l'insolente ironie de Miss McCarthery. Oubliant de prendre congé, Hastings tourna les talons et s'en fut. Lorsqu'on eut entendu se fermer la porte du jardin, McRae siffla pour marquer sa surprise avant de déclarer :

— Eh bien, dites donc, vous ne vous êtes pas fait un ami, Miss !

— Je n'aime pas les assassins, Hamish !

— Allons, allons, Miss, ne jugez pas trop vite ! Je connais Hastings depuis quelque temps déjà et il ne m'a pas paru manifester des instincts particulièrement sanguinaires ! Et puis, vous savez, il est rare qu'un policier passe de l'autre côté de la barricade...

— Pourquoi suivait-il Isla ?

— Elle a pu se tromper...

— Pourquoi ne nous a-t-il pas dit qu'il connaissait John Morton ?

— Il est possible qu'il ne se soit pas souvenu de lui ?

— Il est à Callander depuis plusieurs jours et Morton doit l'avoir rencontré.

— Je conviens qu'il y a là pas mal de coïncidences, mais il faut avancer prudemment, ne pas se laisser prendre aux apparences, ne pas croire ce qu'on est tenté de croire...

— Si vous avez peur, Hamish, nous pouvons rompre notre association ?

— Si j'avais peur, Miss, je ferais un autre métier. Il n'empêche que vous avez inutilement braqué Hastings et qu'en ne lui révélant pas les raisons de la visite que devait vous rendre Isla, vous vous êtes mise dans votre tort aux yeux de la loi.

— Il faut savoir ne pas tenir compte de la loi, McRae. Si j'avais respecté la loi, je serais morte depuis longtemps. Pour moi, jusqu'à preuve du contraire, Hastings est un meurtrier ! Lui avouer que je le sais me désigne automatiquement à ses coups. Merci bien !

— Je conviens que le raisonnement tient... Mais, tout de même, je n'arrive pas à admettre qu'Hastings...

Quand on sut, dans Callander, qu'un nouveau meurtre venait d'être commis, on commença d'éprouver une gêne voisine de l'inquiétude mais lorsqu'on apprit qu'Imogène McCarthery était encore mêlée à ce crime, l'indignation gronda. Les partisans de l'amazone écossaise faiblirent et les rangs de ses adversaires grossirent. Elizabeth McGrew remercia le ciel de lui fournir l'occasion de recouvrer son autorité perdue. Son mari était absent quand on lui apporta la nouvelle, car William abusait de sa puissance récente et pendant que sa femme nettoyait le magasin (tâche qui lui incombait), il allait saluer ses amis et leur souhaiter de passer une bonne journée. A ceux qui s'estimaient mal mariés, il ne répugnait pas de glisser quelques conseils en se citant en exemple. Ce matin-là lorsqu'il réintégra l'épicerie, il s'étonna de voir que rien n'y était en ordre et qu'Elizabeth lisait le journal. Il lui parut nécessaire de mater au plus vite ce début de rébellion.

— Elizabeth... !

Elle leva vers lui des yeux candides :

— Oui ?

Légèrement démonté par ce calme et éprouvant obscurément le sentiment que quelque chose de grave se produisait, McGrew demanda (pas aussi sévèrement qu'il l'aurait dû) :

— Vous croyez que c'est le moment de lire ?

— Comme c'est le moment de se promener !

Il s'agissait bien d'une révolte. Le mari voulut avoir de nouveau recours à la médication qui lui avait si bien réussi et il s'approcha de sa femme ; mais celle-ci marcha à sa rencontre, tenant solidement de la main droite l'énorme couteau à découper les jambons et, le regard étincelant :

— Essayez donc de me toucher pour voir, McGrew ? Puisque vous admirez les meurtrières, je suis prête à les imiter ! Allons, venez !

Mais William n'avait pas du tout envie d'essayer.

— Il paraît que votre Miss McCarthery a mis un deuxième cadavre à son actif ? Une jeune fille du *Cygne Noir*, cette fois ! Je comprends que vous l'admiriez ! Dépêchez-vous, monsieur McGrew, que je puisse aussi gagner votre admiration même posthume !

L'attitude de sa femme, la nouvelle qu'elle lui lançait à la figure, ce grand couteau, tout cela le plongeait dans le désarroi. Comprenant qu'il avait laissé passer le moment où il aurait pu maintenir son autorité par une action énergique, il se réfugia dans la recherche d'un compromis :

— Elizabeth, je...

— Il n'y a plus d'Elizabeth ! Vous m'avez assassinée le jour où vous avez levé la main sur moi ! Je ne vous le pardonnerai jamais ! Filez à la cave chercher les bouteilles pour remplir les casiers et que je ne vous trouve pas à ne rien faire, sans ça il vous en cuira !

Vaincu, William McGrew souleva la trappe conduisant dans la cave et s'engagea dans l'escalier avec la mine résignée du damné qui, sur l'ordre de l'archange céleste, va se présenter aux enfers. Sans le savoir, Imogène ajoutait une nouvelle victime à son palmarès.

Au *Fier Highlander*, Margaret Boolitt, prévenue, tenta elle aussi de prendre sa revanche, mais Ted possédait un cœur mieux trempé que l'épicier. La mort violente d'Isla Duns et les bruits fâcheux courant sur le compte de Miss McCarthery l'affectaient mais il n'en laissa rien paraître et, au risque de mécontenter des clients, il continua à défendre l'Ecossaise qui trouvait de moins en moins de partisans parmi les buveurs de midi. Harry Lowden, le maire, s'étant permis des réflexions discourtoises

— et qui trouvaient un écho fâcheux parmi la clientèle du bar — sur le compte d'Imogène, Ted intervint :

— Harry, permettez-moi de vous dire que vous n'êtes pas un gentleman, car un gentleman ne s'exprime pas comme vous êtes en train de le faire sur le compte d'une demoiselle à qui Callander doit beaucoup !

Surpris, Lowden ne tarda pas à réagir :

— Callander lui doit d'enrichir son cimetière ! Sans doute estimait-elle qu'avec vos drogues, vous n'alliez pas assez vite ?

Très digne, Boolitt commanda :

— Thomas, veuillez rembourser sa consommation à cet individu et le prier de sortir. Nous ne servons pas ce genre de client.

Le maire rougit jusqu'aux oreilles et se penchant par-dessus le comptoir, il empoigna Boolitt par le devant de sa chemise :

— Continuez sur ce ton, Ted, et je vous casse la figure !

D'un coup de rein, Boolitt se dégagea et s'emparant d'un pic à glace :

— Essayez donc, Harry Lowden, et j'aurai grand plaisir à enfoncer cet instrument dans votre crâne vide !

Peter Cornway et Ned Billings se précipitèrent. Le premier entreprit d'apaiser le cabaretier tandis que le second représentait au maire combien il était peu indiqué, pour le premier magistrat de la ville, de se conduire publiquement de manière aussi vulgaire. Lowden crut discerner dans la voix de son secrétaire des éclats mal étouffés de jubilation intense. Pour sauvegarder sa réputation, il sortit sans un mot. Billings en profita pour affirmer à haute voix :

— Un maire qui manque à ce point de sang-froid n'est peut-être pas ce qu'une ville comme la nôtre peut souhaiter de mieux...

Et, conscient d'avoir marqué un point pour sa

propagande personnelle, il offrit une tournée générale.

Sensible à l'atmosphère en majorité hostile de l'assistance, Peter Cornway — ouvrant l'enquête en qualité de coroner — ne crut pas de bonne politique de montrer à Miss McCarthery une sympathie excessive. Lorsque Imogène pénétra dans la salle, appelée comme témoin, une rumeur hostile l'accueillit. Seul, Ted Boolitt (à la grande confusion de sa femme) se leva pour la saluer et son salut dura assez longtemps pour qu'il n'échappât à personne.

Les dépositions furent brèves car, en somme, personne n'avait rien vu. Pourtant, Peter Cornway se fit une joie de torturer le malheureux Jefferson McPuntish, son vieil ennemi :

— C'est bien un hôtel que vous tenez, Jefferson McPuntish ?

— Mais naturellement...

— Pas si naturellement que cela, McPuntish... On meurt beaucoup dans votre établissement ; j'ai déjà eu l'occasion de vous le faire remarquer, il me semble ?

— Vous essayez de ruiner ma réputation, Cornway !

— Les faits s'en chargent d'eux-mêmes, vous ne croyez pas ?

— Je déposerai une plainte contre vous en diffamation !

— En quoi est-ce que je vous diffame, McPuntish ? Et puis, vous n'avez pas à discuter ! Contentez-vous de répondre aux questions qu'on vous pose ! Ce n'est pas parce que vous êtes propriétaire du *Cygne Noir* qu'il faut vous prendre pour quelqu'un au-dessus des lois ! Parlez-nous d'Isla Duns...

Eperdu, l'hôtelier regarda autour de lui, cherchant un secours qui ne vint pas.

— Qu'est-ce que vous voulez que je vous en dise ?

— Je souhaite que, pour une fois, vous vous décidiez à nous révéler la vérité... Et d'abord, est-ce vous qui avez tué Isla Duns, votre employée ?

— Moi ?... Vous... vous osez m'accuser de... !

— Je ne vous accuse pas, je vous interroge...

Tout cela pour en arriver à apprendre qu'Isla était une fille bien élevée, discrète, qui effectuait sa deuxième saison au *Cygne Noir*, qu'elle était née à Inverness et qu'on ne lui connaissait pas de relation masculine. Personne n'avait rien remarqué d'extraordinaire dans son comportement le jour où elle devait mourir. Ses collègues confirmèrent les propos de McPuntish. Rien ne leur avait laissé prévoir qu'Isla courait le moindre danger. Le docteur Elscott expliqua le genre de blessure à laquelle Miss Duns devait la mort. Archibald McClostaugh révéla qu'il avait été prévenu de la découverte du cadavre par Miss McCarthery et Mr McRae, qu'il avait alors alerté le constable Tyler et le médecin pendant que Miss McCarthery s'en allait prévenir l'inspecteur Hastings et, enfin, comment tout le monde s'était retrouvé autour de la dépouille d'Isla Duns. L'homme du C. I. D. n'apporta aucun éclaircissement, et le coroner appela enfin Imogène à venir témoigner.

Lorsque l'Ecossaise s'avança, la salle gronda. Loin de perdre son sang-froid, la fille du capitaine McCarthery promena sur l'assistance un regard altier où le mépris le disputait à la superbe. Des ricanements marquèrent le début de l'assaut. Peter Cornway, fort ennuyé, voulut brusquer les choses et après avoir appris du témoin l'heure de la découverte du corps, vingt et une heures quarante-cinq, il l'autorisa à regagner sa place. Mais Harry Lowden ne l'entendait pas ainsi. Sûr de se faire de la publicité en prenant parti contre Miss McCarthery, heureux de prendre sa revanche sur Cornway et Boolitt, il demanda la parole. Le coroner, qui se doutait du coup qu'on lui préparait, la lui accorda de fort mauvaise grâce :

— Vous avez la parole, Mr Lowden, mais je vous serais obligé d'être bref...

— Aussi bref que vous l'avez été avec Miss McCarthery ?

Une rumeur d'approbation courut les rangs du public. Peter essaya de donner le change :

— Qu'est-ce que vous insinuez encore, Lowden ?

— Je n'insinue rien, Cornway, je dis très nettement que vous ne vous êtes guère montré curieux vis-à-vis du témoin.

Des applaudissements éclatèrent. Peter tourna sa colère contre l'assistance :

— Sergent McClostaugh, je vous donne l'ordre, à la moindre manifestation, d'évacuer la salle ! Je vous écoute, Lowden.

Le maire adressa un clin d'œil complice à ses amis avant de demander :

— Miss McCarthery pourrait-elle nous dire si elle se trouvait seule lorsqu'elle a découvert le corps d'Isla Duns ?

McClostaugh sourit de contentement et un frisson de plaisir chatouilla agréablement les ennemis de l'Ecossaise. Imogène se tourna vers Lowden :

— Je pensais que vous écoutiez les dépositions, Mr Lowden ? Je me trompais, car sans cela vous auriez entendu que j'étais en compagnie de Mr McRae.

— Où aviez-vous rencontré ce gentleman Miss, si je puis vous poser cette question ?

— Il prenait le thé chez moi.

— Chez vous... où vous habitez seule, n'est-ce pas ?

On ricana, on gloussa, on allait rabattre le caquet de cette grande fille qui faisait vraiment un peu trop parler d'elle. Mais Imogène n'eut pas le temps de répondre, car Mrs Elroy se levait et, de sa place, criait :

— J'ai vu naître la plupart d'entre vous et je vous dis que ce que vous êtes en train de faire est une vilenie ! Depuis qu'elle a été blessée, j'habite chez Imogène McCarthery et je ne la quitte ni de jour ni de nuit... C'est moi qui ai servi le thé à Mr McRae et j'affirme, Harry Lowden, que vous devriez avoir honte en tant qu'homme et en tant que maire de cette ville de vous conduire de pareille manière ! En tout cas, vous n'aurez plus ma voix et la prochaine fois, je voterai et je ferai voter pour Ned Billings qui lui, au moins, est un bon garçon !

Ned crut bon de se lever et de remercier Mrs Elroy de sa confiance en lui assurant qu'elle pouvait compter sur lui pour la justifier. Furieux, Lowden s'enquit auprès du coroner pour savoir si on procédait à une enquête pour meurtre ou à une réunion électorale. Ce à quoi Peter répondit que c'était lui, Lowden, qui troublait les débats en cédant à une hostilité personnelle plutôt qu'à essayer de voir clair. On hua le coroner qui injuria l'assistance et on lui répondit du même ton. McRae se pencha vers Hastings :

— Je ne donnerais pas ma place pour un tonneau du plus vieux scotch !

L'inspecteur ne fit aucune difficulté pour reconnaître que le spectacle se révélait extraordinaire et que c'était la première fois de sa vie qu'il assistait à une enquête préliminaire finissant par ressembler à un vaste règlement de comptes où il n'était question ni de la victime, ni de son meurtrier.

Harry Lowden, revigoré par l'appui de l'assistance, reprit le combat :

— En tant que maire de Callander, Mr Cornway, et comme tel soucieux de l'ordre public, je suis bien obligé de constater que chaque fois que Miss McCarthery revient au pays, les catastrophes se succèdent rapidement. On meurt beaucoup plus vite quand elle est là !

Une rafale d'applaudissements salua la remarque empoisonnée du maire. Outré, le coroner voulut protester, mais Imogène ne lui en laissa pas le temps :

— Laissez, Peter... Vous ne pourrez rien contre une foule qui a perdu tout respect d'elle-même !

Ces paroles prononcées d'une voix forte où ne se percevait pas la moindre trace de peur apaisa les plus sages qui éprouvèrent de la honte d'un tel comportement. Le coroner, sentant un subtil changement, entendit profiter de l'aubaine. Noblement, il protesta :

— Je ne suppporterai pas, Miss, qu'en ma présence, un individu — fût-il le maire de cette cité — insultât une femme !

Beaucoup attendaient, pour se décider, de savoir de quel côté pencherait la balance. Miss McCarthery, avec une noblesse, un pathétisme qui coupèrent le souffle à McRae, s'écria :

— Rappelez-vous, Peter Cornway, ce n'est pas la première fois que des Ecossais trahissent une femme malheureuse et qui avait confiance en eux !

Ce coup droit atteignit douloureusement la plupart des gens qui assistaient à cette scène. On n'oubliait pas la vieille infamie commise au nom de la religion réformée. A quatre siècles de distance, le remords les poignait encore. Quant à Imogène, elle était Marie Stuart à Carberryhill, regardant les soldats félons l'abandonner. Elle avait de la reine martyre la dignité et l'orgueil. Les autres se turent. Tel le général qui tenait la victoire en main et voit brusquement ses troupes rompre le combat sous un assaut imprévu, Harry Lowden tenta de redresser la situation :

— N'essayez pas de trouver une échappatoire, Miss !

Avec cet admirable illogisme féminin, Imogène se contenta de répliquer avec dégoût :

— J'ai toujours supposé, Harry Lowden, que vous étiez vendu aux Anglais !

Personne n'eût été capable de dire à quoi répondait cette accusation, mais il suffisait qu'on parlât d'Anglais, pour que, immédiatement, on se hérisse.

Un instant dérouté par cette ignoble attaque, le maire reprit :

— Au cas où vous l'ignoreriez, Miss McCarthery, ma mère était une Ferguson de Perth et mon père...

Alors là, Peter Cornway fut vraiment inqualifiable. Il osa susurrer :

— Lequel ?

Harry mit un moment à réaliser l'injure affreuse de cette question tandis que Ned Billings, à l'esprit beaucoup plus prompt, s'esclaffait et sa gaieté rendit tout le monde plus attentif. Le maire, comprenant enfin, rugit :

— Qu'est-ce que vous entendez par-là, Cornway ?

— Qu'on n'a jamais bien su si vous étiez le fils de votre père légitime ou celui de Peter Matthews, le colporteur anglais qui consolait votre mère lorsque son époux lui avait flanqué sa raclée du samedi soir.

Sans mot dire, Lowden ôta sa veste qu'il plia soigneusement sur le dossier de sa chaise tout en affirmant :

— Quand vous sortirez de mes mains, Mr Cornway, vous vous retrouverez à l'hôpital de Perth !

Le coroner commençait à sentir la salive lui manquer. Il jeta un regard angoissé en direction d'Imogène pour l'appeler à l'aide. Elle fonça à son secours en se contentant de remarquer à voix haute :

— Il est quand même étonnant qu'une aussi vieille ville écossaise que notre Callander se soit donné pour maire un sacré bon Dieu de bâtard anglais !

Alors l'atmosphère fut à la bataille. Le hurlement indigné de Lowden rallia ses fidèles. Les autres, indécis, estimaient qu'Imogène y avait été un peu fort car, au fond, Harry n'était pas un mauvais bougre et il ressemblait assez à son défunt père pour qu'on n'ait nul doute sur son origine. Hamish McRae ne pouvant contenir son enthousiame cria :

— Pour Miss McCarthery, hip, hip, hourra !

Sans laisser à l'assistance le temps de s'interroger pour savoir si elle répondrait ou non à l'invite du journaliste de Glasgow, Imogène — devinant qu'on était arrivé à ce moment du temps où l'Histoire demeure en équilibre — entonna à pleine voix *La marche de Robert Bruce.* Comment voulez-vous ne pas donner raison à quelqu'un qui chante la vieille marche écossaise ? Le premier, William McGrew se porta à la hauteur de Miss McCarthery pour unir sa voix à la sienne, battant de peu Ted Boolitt et Thomas, le garçon du *Fier Highlander,* puis Peter Cornway s'aggloméra au groupe en même temps que Ned Billings qui prenait ainsi officiellement position contre le maire. Parce que ce tohu-bohu lui rappelait sa jeunesse, le docteur Elscott se joignit au chœur en compagnie d'Hamish McRae. Le groupe des femmes demeurait hostile. Toutefois, Mrs Elroy s'en sépara pour rejoindre son mari Léonard auprès d'Imogène. Margaret Boolitt n'osa pas résister plus longtemps aux regards furieux de son époux et elle vint le rejoindre. Dès lors, ce fut la débandade. Le Révérend Haquarson lui-même se mêla à ceux pour qui Dieu semblait incliner et la salle de la mairie montrait en son centre un groupe d'hommes et de femmes qui, se tenant bras dessus, bras dessous, chantaient avec dévotion *La marche de Robert Bruce.* Au fond, dans le coin réservé au jury, Harry Lowden pleurait la tête entre ses mains. Keith McCallum essayait vainement de le consoler. Sous la fenêtre, Mrs McGrew, entourée de Mrs Sharpe, Mrs Plury, Mrs Frazer et Miss Fleming formaient la dernière forteresse de l'opposition. Près de la porte, Hastings, McClostaugh et Tyler contemplaient le spectacle, le premier avec un intérêt amusé, le second avec une colère qui croissait de minute en minute, le troisième avec inquiétude pour la suite des événements. Le chœur acheva son chant sur un accord que les femmes firent monter dans l'aigu, puis il commença à se disperser. Hastings arrêta Peter Cornway :

— Monsieur le coroner, vous n'avez pas oublié que vous avez réuni un jury pour procéder à l'enquête préliminaire concernant la mort d'Isla Duns ?

— C'est ma foi vrai !

Il héla les membres du jury et, après un bref conciliabule, annonça la décision traditionnelle déclarant que la servante du *Cygne Noir* était morte du fait d'une ou plusieurs personnes inconnues, puis on vida les lieux, sauf Harry Lowden.

Effondré, le maire n'avait pas bougé de sa place. McCallum essayait en vain de le réconforter :

— Allons, Harry, reprenez-vous et oubliez les réflexions d'une fille qui ne semble pas savoir toujours très bien ce qu'elle dit !

Lowden secouait la tête, muré dans son chagrin.

— M'entendre traiter de bâtard anglais, c'est dur, Keith... Anglais, moi ! Moi qui, à trois ans, ai mangé mon premier haggis... !

Incrédule, Keith McCallum protesta :

— Pas un vrai haggis, tout de même ?

— J'ai eu une indigestion qui m'a tenu deux jours entre la vie et la mort !

— Alors, c'était bien un haggis...

Le Révérend Haquarson venait juste de mettre ses pantoufles lorsque sa bonne, Ailsa, le prévint que les dames du comité paroissial désiraient lui parler. Le pasteur les eût volontiers envoyées au diable s'il n'avait été homme de Dieu, et puis il ne pouvait se permettre de mécontenter celles qui tenaient un peu son sort matériel entre leurs mains. Il donna donc l'ordre de les introduire. Elles se présentèrent en groupe compact hérissé de parapluies et qui fit penser le révérend à la phalange macédonienne inventée par Alexandre. Sur l'invitation d'Haquarson, cette unité de combat se fragmenta pour occuper des sièges et il reconnut Mrs McGrew, Miss Fleming, Mrs Plury, Mrs Sharpe et Mrs Frazer, des femmes redoutables. D'entrée, il essaya de les amadouer :

— Qu'est-ce qui me vaut, mesdames, l'honneur de votre aimable visite ?

Mrs McGrew ne se laissa pas prendre à cette feinte amabilité et attaqua brutalement :

— Révérend Haquarson, nous sommes venues vous dire notre étonnement et notre indignation de vous avoir vu, au cours de la honteuse scène à la mairie, vous joindre à ces braillards et à ces ivrognes qui entouraient Miss McCarthery !

— Permettez, Mrs McGrew, ce n'est pas Miss McCarthery que je suis allé rejoindre, mais Robert Bruce !

Mrs McGrew n'avait pas prévu cette réponse habile. Elle hésita un instant, ne tenant pas à paraître moins attachée qu'une autre au vieux pays et à son héros.

— En tout cas, Révérend, il est malheureux pour notre église que vous ayez semblé approuver cette Jézabel qui nargue toutes les honnêtes femmes de Callander !

— Etes-vous certaine de ne pas exagérer, Mrs McGrew ?

— Exagérer ? Demandez plutôt à ces dames comment mon mari me traite depuis que cette infernale créature est de retour ! Renseignez-vous auprès de Margaret Boolitt que cette McCarthery va insulter dans sa propre maison !

Timide, Miss Fleming apporta sa pierre à l'édifice :

— Le pauvre Mr McClostaugh est devenu neurasthénique depuis qu'elle s'en est pris à lui !

Perfide, Mrs Sharpe ajouta :

— Et tous ces cadavres qui semblent fleurir sous les pas de cette femme !

Ne voulant pas être en reste, Mrs Frazer précisa :

— Le crime et le désordre accompagnent toujours Jézabel !

Résumant la situation, Mrs Plury s'écria :

— Nos foyers, notre tranquillité, la police même, voilà ce que Miss McCarthery est en train de détruire dans la complicité générale d'une population aveuglée par le démon !

Pathétique, Elizabeth McGrew adjura Roderick Haquarson :

— Ton troupeau est en danger, ô pasteur ! Le laisseras-tu s'éparpiller sous l'orage ? Permettras-tu que la brebis galeuse contamine toutes les autres ?

Légèrement estomaqué par ce tutoiement qui, bien que biblique, lui parut un tantinet familier, le Révérend entreprit d'apaiser le courroux des visiteuses :

— Là, mesdames, calmez-vous... Vous pensez bien que je ne vous abandonnerai pas en pareilles circonstances... Je connais mes responsabilités et je vous sais gré de l'aide efficace que votre zèle m'apporte... Je vais me rendre chez Imogène McCarthery et lui parler.

Miss Fleming demanda :

— Vous ne croyez pas que vous devriez l'exorciser ?

— Pour procéder à l'exorcisme — qui est une cérémonie grave et difficile — il faut avoir la preuve de la présence du démon... et si Miss McCarthery se conduit de manière... euh... enfin, de manière qui vous déplaît, on ne saurait affirmer pour autant qu'elle est possédée...

— N'empêche, souligna Mrs McGrew, que la façon dont elle a séduit mon William sent le fagot ! Un homme qui ne voyait que par moi, pour qui j'étais tout, qui m'appelait d'un tas de petits noms aimables...

Elizabeth lancée se perdait dans ses rêveries lorsque, soudain, elle se rappela que Mrs Sharpe, Mrs Frazer et Mrs Plury l'écoutaient. Elle éprouva une telle gêne que son inspiration cessa brusquement et concluant très vite :

— ... Enfin, maintenant, il semblerait que je ne compte plus à ses yeux ! Et cela, Révérend, je ne le supporterai pas !

— Calmez-vous, chère Mrs McGrew, je vais aller trouver cette Miss McCarthery et lui conseiller plus de modestie...

Il les accompagna jusqu'à la porte, leur souhaita une bonne nuit et comme elles l'adjuraient encore de se montrer ferme à l'égard d'Imogène, il assura avec un brin de suffisance :

— Permettez-moi, chères dames, de vous affirmer — au risque de paraître immodeste à vos yeux — que je n'ai encore jamais rencontré lors de mes différents ministères quelqu'un capable de me tenir tête plus de cinq minutes !

C'était une surprise que Dieu lui réservait...

VII

Ce que le constable Tyler préférait dans son métier, c'était sa ronde du matin. Après être passé une première fois au bureau pour voir si le sergent n'avait pas une mission particulière à lui confier, il s'en allait d'un pas paisible faire ce qu'il appelait son tour du propriétaire. Il est vrai que Samuel nourrissait, en ces moments-là, l'illusion que Callander tout entier lui appartenait. Les mains derrière le dos, l'œil en éveil, il regardait à droite et à gauche pour se rendre compte, si oui ou non, la petite ville avait souffert de la nuit. Tel le maître inspectant son domaine est salué par ses fermiers, le constable répondait aux bonjours amicaux qu'on lui adressait tout au long de sa tournée. Samuel n'éprouvait nul besoin de consulter sa montre pour savoir s'il respectait son horaire, les habitudes de ses concitoyens se manifestant avec une exactitude immuable. Le policier savait qu'à sept heures quinze il verrait Mrs Hart ouvrir la porte de sa mercerie pour laisser sortir son chat Talbot. A sept heures vingt-cinq, quel que fût l'état de l'atmosphère, Benjamin Gentry — un retraité des chemins de fer — serait à sa fenêtre et crierait au constable : « Une belle journée devant nous et aux frais de la Couronne ! » Oubliant le dur travail fourni pendant trente-cinq années, Benjamin se persuadait que c'était un tour de force de sa part que de vieillir sans rien faire et en touchant une pension. Cette conviction doublait son plaisir. A sept heures quarante-cinq, Samuel échangerait quelques mots avec Thomas, balayant le trottoir devant le *Fier Highlander*. A huit heures, il demanderait à la pauvre Mrs Junice des nouvelles de son garçon infirme ; à huit heures quinze, il pousserait la porte de l'épicerie des McGrew et, du seuil, adresserait un cordial bonjour à William et à Elizabeth. Bavardant avec celui-ci, écoutant celle-là, discutant avec un autre, le constable serait de retour au bureau vers neuf heures et annoncerait au sergent McClostaugh que Callander avait passé la nuit en paix.

Au moment de regagner son port d'attache, le constable aperçut le Révérend Haquarson qui s'en allait d'un bon pas dans une direction opposée à celle de son église. Quelqu'un se trouverait-il à l'article de la mort sans que Samuel en ait été averti ? Estimant que son devoir lui imposait de rendre compte à McClostaugh du comportement des vivants comme de ceux s'apprêtant à passer dans un autre monde, Tyler arrêta le pasteur :

— Aurait-on besoin de vos secours, monsieur le pasteur ?

— Oui, Tyler, grand besoin si j'en crois ce qu'on m'a raconté.

— Ah ?... De qui s'agit-il ?

— De Miss McCarthery.

Imogène avait-elle été victime d'une nouvelle agression sans que le constable n'en ait rien su ? Au chagrin d'apprendre qu'Imogène se préparait à quitter cette vallée de larmes se mêlait, dans le cœur de Samuel, la honte de n'être pas au courant.

— Comment la chose s'est-elle produite ?

— Je l'ignore, Tyler. Il semblerait que cela la tienne depuis très longtemps...

— Je ne saisis pas, monsieur le pasteur... ?

— Qu'est-ce que vous ne saisissez pas, mon ami ?

— Enfin, qu'est-il arrivé à Miss McCarthery ?

— Arrivé ? Rien de nouveau... Simplement son

caractère, ses mœurs sont un perpétuel objet de scandale et je pense qu'il est grand temps qu'on la ramène à plus de décence et de modestie. Une démarche de quelques-unes parmi les plus respectables de mes paroissiennes m'a indiqué mon devoir que, je l'avoue, j'avais quelque peu négligé... Il est vrai que Miss MacCarthery n'est de retour que depuis trois ou quatre jours.

— Elle vous a prié d'aller la voir ?

— Tyler, le Seigneur n'a nul besoin d'être invité pour se rendre où il lui plaît !

— Et... vous avez vraiment l'intention de blâmer sa conduite ?

— Je m'efforcerai de lui faire prendre conscience de ses erreurs et je tâcherai de l'amener au repentir.

— Au repentir ?... Imogène ?

— La jugeriez-vous si pervertie qu'elle doive obligatoirement demeurer sourde à la parole de Dieu ?

— Ecoutez-moi, mon Révérend : vous me diriez que vous avez décidé d'employer tous vos efforts à faire du sergent McClostaugh le futur lord-maire de Londres, vous ne me trouveriez pas incrédule et je ne songerais pas à rire. Vous voyez par-là le crédit que j'accorde à votre puissance de persuasion, hein ?

— Vous vous moquez de moi, Tyler ?

— Pas du tout ! Je tiens seulement à vous empêcher de commettre une sottise.

— Une sottise, remplir les devoirs de mon ministère ? Ah ! vous avez une étrange mentalité pour un fonctionnaire, constable Tyler, permettez-moi de le regretter !

— Vous ne me comprenez pas ! Vous pouvez évangéliser n'importe qui, ici... Partout, on écoutera vos conseils, on s'efforcera de suivre vos instructions, mais personne, vous entendez, personne n'a jamais pu faire entendre raison à Miss McCarthery !

— Vraiment ?

— Vraiment !

— Eh bien, je serai donc le premier !

Les gémissements de Mrs Elroy exaspéraient Imogène.

— Enfin, Miss, à peine arrivée, vous voilà repartie ! Vous trouvez que c'est du repos ça, vous ?

— Madame Elroy, je dois me rendre à Maryport, là où John Morton et Isla Duns ont servi... Je suis certaine d'y trouver l'explication qui nous mettra sur la piste du coupable !

— Mais pourquoi ne laissez-vous pas la police s'occuper de cette histoire ?

— Parce que John Morton s'est adressé à moi, parce qu'Isla Duns avait confiance en moi... Par-delà la mort, Mrs Elroy, je me dois de tenir la parole que je leur ai implicitement donnée...

— Et l'assassin, y pensez-vous ?

— Je ne pense même qu'à lui !

— Il vous a manquée une fois, rien ne dit qu'il vous ratera de nouveau !

— Je ne crains rien puisque McRae sera avec moi.

— Justement...

— Justement, quoi ?

— Je me demande si c'est bien correct que vous voyagiez avec ce garçon ?

Imogène se redressa. Elle était sur le point de se fâcher, mais le bon visage inquiet de Mrs Elroy l'attendrit :

— Voyons, Rosemary... oubliez-vous que McRae pourrait être mon fils ?

— Je ne dis pas, mais... quand même, ça ne se fait pas !

Miss MacCarthery éclata de rire :

— Savez-vous, Mrs Elroy, que sous prétexte que vous m'avez langée, vous ne parvenez pas à vous convaincre que j'ai grandi ? Je ne suis malheureusement plus une gamine, Rosemary...

— Pour moi, si...

Sans répondre, Imogène, émue, alla prendre sa vieille amie dans ses bras et l'embrassa. Mrs Elroy, essuyant ses yeux embués, conclut :

— Si vous étiez mariée à mon petit-cousin Angus, il pourrait vous accompagner et je ne me rongerais pas de souci...

La sonnette du jardin, agitée d'une main ferme, interrompit la conversation qui prenait un tour gênant.

— Voilà Hamish ! Allez vite lui ouvrir, Mrs Elroy...

La vieille femme regarda à travers la fenêtre et se retournant vers Imogène :

— Ce n'est pas votre journaliste, mais le pasteur !

— Le pasteur ?

— Oui, le Révérend Haquarson.

— Qu'est-ce qu'il peut bien me vouloir ?

— Je vais le lui demander.

Mrs Elroy revint presque tout de suite pour annoncer que le révérend sollicitait de Miss McCarthery un instant d'entretien pour un sujet des plus graves.

— Des plus graves ?... Enfin, c'est bon, qu'il entre...

Roderick Haquarson avait bien une tête de moins qu'Imogène, mais il compensait la brièveté de sa taille par une attitude compassée et une raideur de l'échine destinée à ne pas lui ôter un pouce de sa taille. En entrant dans le living-room, il s'inclina à peine (pour bien montrer qu'il ne se présentait pas en hôte ordinaire) et entama tout de suite le débat :

— Miss McCarthery, je suis navré de vous importuner de si bon matin, mais il est des impératifs auxquels un homme de mon état ne saurait se soustraire.

— Asseyez-vous donc.

— Pardon ?

— Je dis : asseyez-vous donc. Nous serons mieux assis que debout, non ?

Haquarson réfléchit, puis :

— En effet...

Et il prit place dans un fauteuil confortable avant de poursuivre :

— Miss McCarthery, ma démarche est délicate et croyez bien que ce n'est pas de gaieté de cœur...

— Prendrez-vous un peu de whisky ?

— S'il vous plaît ?

— Je vous demande si vous prendrez un peu de whisky ?

— Du whisky ? A cette heure-ci ?

— Mon père en prenait en se levant.

Vous voudrez bien m'excuser, Miss, si je n'ai point les goûts de monsieur votre père ; au surplus, je ne suis pas venu pour boire, mais pour vous parler.

— Je vous écoute !

— Miss, vous rappelez-vous qu'il a été écrit : *Malheur à ceux par qui le scandale arrive ?*

— Et après ?

— Miss McCarthery je suis au regret de vous apprendre que votre conduite est tenue, ici, pour scandaleuse...

— Ce n'est pas possible ?

— Hélas !... Je ne me permettrai pas d'allusions à ces cadavres qui semblent être devenus vos compagnons habituels, mais plutôt à la manière dont vous faites irruption dans les ménages pour tenter de les détruire...

— Par exemple ! Et quels ménages, je vous prie ?

— Celui des McGrew, entre autres.

— Et comment êtes-vous au courant, monsieur le pasteur ?

— Mais par Elizabeth McGrew elle-même, Miss.

— Et vous avez cru cette folle ?

— Miss McCarthery...

— Vous me donnez une piètre idée de votre jugement, Révérend Haquarson !

— Miss, je ne vous permets pas de...

— Dites donc, Révérend, ce n'est pas moi qui vous ai appelé, n'est-ce pas ?

— Je n'ai nul besoin qu'on m'appelle, Miss, pour...

— Monsieur le pasteur, je ne reçois que les gens que j'invite... Veuillez donc vous retirer, je vous prie.

J'ai autre chose à faire qu'à vous écouter me rapporter les sottises de cette pauvre Elizabeth McGrew !

— Vous me mettez à la porte ?

— Et pourquoi pas ? Un imbécile est toujours un imbécile, quel que soit le costume qu'il endosse !

— Ah cette fois, c'en est trop ! Prenez garde, Miss McCarthery !

— A quoi ?

— Mais à... à... Oh ! c'est trop fort ! C'est... c'est scandaleux !... Jamais encore dans ma carrière... Vous êtes une impudique, Miss McCarthery ! Une démoniaque ! Elles ont raison de vous appeler Jézabel !

— Ah ! elles ont raison, hein ?... Et vous, vous imaginez qu'on peut venir m'insulter chez moi sans que je réagisse ?

Elle alla ouvrir toute grande la porte donnant sur le jardin.

— Sortez-vous, oui ou non ?

Haquarson était d'un tempérament têtu.

— Pas avant que vous ne m'ayez adressé des excuses et que vous ne soyez venue à contrition.

— C'est votre dernier mot ?

— Rien ne me fera bouger d'ici !

Imogène eut un ricanement où quelqu'un de moins imbu de lui-même que le pasteur eût surpris des échos sinistres.

— Ce serait bien la première fois que quelqu'un s'installerait chez moi pour m'y dicter ses volontés !

— Il y a un commencement à tout ! Votre orgueil et votre insolence doivent être brisés, ma fille, et je les briserai avec l'aide de Dieu !

Et pour bien montrer le peu de cas qu'il faisait des colères de son adversaire, Roderick Haquarson lui tourna le dos. C'était une imprudence. Il feignait d'examiner la gravure de Robert Bruce lorsqu'il se sentit empoigné simultanément par le col de son veston et le fond de son pantalon. Il n'avait pas encore pleinement réalisé l'abomination de la chose qu'il était emporté à toute vitesse. Dans les quelques secondes qui s'écoulèrent entre le moment où il traversa la pièce comme un bolide sans pouvoir s'accrocher à quoi que ce fût, passa le seuil en l'effleurant à peine et celui où il poussa un cri en voyant le jardin s'étaler devant lui du haut du perron qu'il survola, le Révérend Haquarson eut le temps de se remémorer les Livres saints pour y chercher une analogie avec sa situation présente. Il pensa tout de suite à Adam chassé du paradis, mais il repoussa aussitôt cette comparaison, certain que si l'ange expulseur avait témoigné d'une pareille brutalité, le Seigneur ne l'eût pas toléré. Finalement, il arrêta son choix sur le passage de la mer Rouge par Moïse et ses ouailles en fuite. Il jugea que les soldats du pharaon avaient dû éprouver ce qu'il ressentait actuellement lorsque les flots revenus les balayèrent. Emporté par une sorte de maelström, le malheureux Roderick qui ne parvenait pas à freiner cette course déshonorante, remonta l'allée au galop pour être arrêté pile devant la porte que Miss McCarthery ouvrit tranquillement alors qu'il essayait de reprendre ses esprits.

— Et maintenant, monsieur le pasteur, ne vous avisez jamais de repasser ce seuil sans y être invité... Quant à Mrs McGrew, dites-lui de ma part que j'irai lui porter moi-même de mes nouvelles !

Retrouvant ses jambes d'autrefois, le Révérend détala sans demander son reste.

En rentrant dans la maison, Imogène se heurta à Mrs Elroy qui, les yeux exorbités, la bouche ouverte, paraissait frappée de la foudre. Miss MacCarthery s'inquiéta :

— Quelque chose qui ne va pas, Rosemary ?

La vieille femme fit un violent effort sur elle-même pour dire :

— J'ai tout vu... Du premier étage, j'ai tout vu...

— Et alors ?

— Oh ! Miss Imogène... C'est abominable ! Un pasteur ! Un envoyé de Dieu !

— En l'occurrence, ce n'est pas Dieu, mais Mrs McGrew qui l'envoyait. Terminons mon bagage, c'est plus important.

— Il n'empêche, Miss, que vous avez sûrement entamé votre part de paradis !

Les deux femmes achevaient la toilette de la voyageuse quand McRae se présenta :

— Bonjour, Miss McCarthery... Bonjour, Mrs Elroy... J'ai croisé le Révérend Haquarson ; il m'a paru dans un drôle d'état. Je l'ai salué et il a feint de ne pas me voir... Vous a-t-il rendu visite ?

— Une visite très brève.

— Je parie que vous vous êtes disputés ?

— Un peu.

— Et il s'est retiré fâché ?

— S'il aime le sport, non. Mais assez parlé du pasteur... Vous êtes prêt ?

— Ma voiture est au bas du chemin. Nous serons à Carlisle vers une heure et à Maryport à deux heures.

— Et nous saurons, enfin, ce que la pauvre Isla n'a pas eu le temps de nous dire !

Archibald McClostaugh n'en croyait pas ses oreilles. Roderick Haquarson lui contait sa terrible aventure chez Miss McCarthery et le malheureux en frissonnait encore.

— Archie, je vous demande pardon... Lorsque vous me parliez en termes amers de cette créature satanique, je me figurais que vous exagériez... Pardonnez-moi mon ignorance, Archie... Elle est pire que vous me l'avez décrite ! Elle a osé porter la main sur moi ! Jamais encore... Oh ! Archie, c'est la fin du monde ! Un moment, j'ai espéré que Dieu consentirait à un miracle pour sauver Son honneur maltraité en ma personne, qu'Il enverrait ses légions célestes... ou, du moins, qu'Il changerait en statue de sel cette maudite... mais rien ! Le Seigneur a voulu que je sois abaissé dans mon orgueil, que Sa Volonté soit faite... C'est dur, à mon âge, Archie, d'être déshonoré... c'est dur...

Voyant son ami au bord des larmes, le sergent eut recours à la panacée écossaise qui guérit aussi bien les maux du corps que ceux de l'âme. Il déboucha une bouteille de scotch. Lorsqu'ils eurent trinqué, McClostaugh déclara :

— Ce n'est pas tout ça, mon Révérend, mais vous portez plainte, j'imagine ?

— Croyez-vous que je le puisse ?

— Et comment ! Pour coups et blessures ! Elle vous a attiré dans un guet-apens !

Haquarson parut gêné :

— À dire vrai, Archie, elle ne m'a pas frappé... et je me suis rendu chez elle de ma propre autorité. En somme, elle m'a mis à la porte de manière brutale, c'est entendu, mais elle se trouvait dans sa maison où chacun est libre d'agir comme il l'entend... et... pour être tout à fait sincère, je lui avais parlé... disons sévèrement...

— Bref, vous ne portez pas plainte ?

— Ça me semble difficile...

— Vous ne portez pas plainte, mais vous buvez mon whisky ?

— Je ne vois pas le rapport ?

— Pas possible ? Alors, vous pensez que je peux offrir du scotch — que je paie plus de deux livres six pence la bouteille — à quelqu'un qui n'est même pas capable de déposer plainte ?

— Archibald, vous êtes fou ou quoi ?

— Bien sûr ! C'est facile ! On a éprouvé une certaine émotion et comme, pour se remettre, on n'ose pas aller au *Fier Highlander*, on se rend tout naturellement chez ce bon McClostaugh dont on boira le whisky... Et vous trouvez ça honnête, Révérend.

— Archibald McClostaugh !

— C'est de l'abus de confiance, voilà ce que c'est !

Le pasteur se leva, très digne.

— J'avais cru me réfugier auprès d'un ami et je me

suis assis à la table d'un homme au cœur faux, à l'âme pleine de haine et d'avarice... Si mon état ne me l'interdisait pas, sergent McClostaugh, je vous assurerais de mon parfait mépris ! Adieu...

Le Révérend Haquarson parti, le sergent eut juste le temps de ranger sa bouteille de scotch avant que l'inspecteur Hastings ne fasse son apparition. Mis au courant de la dernière incartade de Miss McCarthery, l'homme du C. I. D. se rendit chez elle, mais il n'y rencontra que Mrs Elroy. Par elle, il sut qu'Imogène était partie en compagnie de McRae pour Maryport.

Le Poisson et le Cheval se présentait sous l'aspect d'un hôtel modeste mais agréablement situé à la limite nord de Maryport, en bordure de la mer. Miss McCarthery et McRae y arrivèrent à l'heure prévue par le journaliste Au moment de descendre de voiture, Imogène demanda à son compagnon :

— Hamish, nous nous sommes promis d'avoir confiance l'un dans l'autre. Aussi, je vous prie de me laisser aller interroger le directeur de cette maison. D'abord parce que l'interrogeant à deux, nous risquerions de lui faire peur ; ensuite parce que je tiens à agir seule, mais je vous raconterai tout. Je ne veux pas qu'on puisse soupçonner que vous m'avez aidée...

— Pas très chic, Miss McCarthery... Pensez à l'atmosphère de mes futurs articles...

— Eh bien, quand j'en aurai terminé, rien ne vous empêchera d'aller boire un verre au bar de l'hôtel... Ainsi vous pourrez examiner les lieux ?

— Bon... d'accord. Je vais me promener dans Maryport ; nous nous retrouverons à la gare, si vous le voulez bien ?

— Entendu.

Certes, Imogène croyait dans la loyauté de McRae, mais, par mesure de prudence, elle attendit que la voiture se fût éloignée pour pénétrer à l'intérieur de l'hôtel. Un employé s'approcha :

— Vous désirez, Miss ?

— Parler au directeur.

— C'est une directrice, Mrs Moremby. Si vous voulez bien me suivre... ?

Imogène fut introduite dans un petit salon pourvu de l'indispensable aspidistra, d'un canapé de velours grenat légèrement râpé, de trois fauteuils assortis et d'une petite table ronde où s'accumulaient de vieux numéros de *Life*. Bientôt, Mrs Moremby entra. Une forte femme d'une cinquantaine d'années qui luttait contre l'embonpoint par tout un système de ceintures et de baleines dont l'armature se dessinait sous le tissu de la robe.

— A qui ai-je l'honneur ?

— Miss McCarthery... Je souhaiterais vous entretenir d'un de vos anciens employés, John Morton.

— Ce cher John ! Asseyez-vous, je vous en prie.

Les deux femmes prirent place dans les fauteuils, gymnastique qui congestionna aussitôt Mrs Moremby.

— Alors, que devient-il ce bon Morton ?

— Il est mort.

— Oh !...

— Il a été assassiné.

— Oh !... Mais pourquoi ? Où ?

— Pourquoi ? Je l'ignore. Où ? A Callander.

— En Ecosse ?

— Exactement.

— Mais quelle idée a-t-il eue de se rendre dans ce pays de sauvages ? Ça ne m'étonne pas qu'il y ait été assassiné !

Imogène ferma les yeux et serra convulsivement les bras de son fauteuil. Elle ne pouvait pas protester si elle souhaitait obtenir des renseignements.

— Vous vous sentez mal, Miss ?

— Non, non, un léger malaise... Rien de grave. Mrs Moremby, j'ai lié connaissance avec Mr Morton peu avant sa fin tragique. Il m'avait appris son séjour dans votre maison et m'avait aussi signalé qu'il y fut témoin d'un drame dont il gardait un pénible souvenir.

— Un drame... ? Ah ! oui, je vois. Il devait penser à cet affreux accident...

— Puis-je vous demander de me le raconter ?

— Ce fait divers aurait-il un rapport quelconque avec la mort de Morton ?

— Il se pourrait...

— Je ne devine vraiment pas comment... Enfin ! Cela s'est passé il y a trois ans, à peu près vers cette époque. Un soir, aux environs de huit heures, un couple est entré... Des jeunes gens. Lui, assez grand, mince, blond ; elle, une petite brune, mais bien proportionnée et qui, du premier coup d'œil, donnait l'impression d'une sportive accomplie... Ils se querellaient de façon fort désagréable... Si désagréable que j'ai hésité à leur donner une chambre.

— Savez-vous à quel sujet ils se disputaient ?

— Je ne me souviens plus bien. Je crois qu'il lui reprochait de le faire descendre dans un hôtel pas assez luxueux... Bref, ils ont gagné leur chambre d'où ils sont redescendus quelques minutes plus tard pour passer à table. Mais ils n'étaient pas calmés. Il n'a rien trouvé à son goût et a pris une telle colère qu'un autre client a dû intervenir. Alors, il a grossièrement reproché à sa femme d'avoir donné rendez-vous à son amant dans cet hôtel, raison pour laquelle elle l'avait obligé à loger dans une gargote. Mais il y a des limites à ce qu'on peut supporter ! Je suis intervenue au moment où le coléreux personnage allait sauter à la gorge du chevalier servant de la malheureuse et j'ai prié ce couple tapageur d'aller chercher un gîte ailleurs. Lui m'a répondu d'une façon injurieuse en me disant qu'ils se rendaient immédiatement à Workington où ils trouveraient peut-être une maison convenable. Et ils sont partis.

— Ils avaient rempli leurs fiches ?

— Bien sûr. Mr et Mrs Syrett, David et Mary Syrett, de Leeds.

— Et ce gentleman qui a pris la défense de cette pauvre femme ?

— Ça, j'avoue que je ne me le rappelle pas.

— Ce n'est pas un homme d'une quarantaine d'années, carré d'épaules, d'une taille un peu au-dessus de la moyenne, avec une moustache en brosse ?

— Ma foi, je ne saurais vous le dire... Ça se peut... il me semble, peut-être... Mais non, vraiment, je ne suis pas assez certaine.

Imogène avait pourtant bien espéré que dans ce portrait de l'inspecteur Hastings, Mrs Moremby reconnaîtrait l'amant supposé de Mrs Syrett.

— Que s'est-il passé ensuite ?

— Eh bien, ils ont regagné leur voiture, une petite Austin verte à l'arrière de laquelle était attachée une grosse malle en osier. C'était lui qui conduisait et il a pris un tel départ que quelqu'un derrière moi a dit : « S'il conduit comme ça, ils ne tarderont pas à se retrouver dans le décor ou en prison ! »

— Alors ?

— Alors, moins d'une heure plus tard, nous apprîmes que ce malheureux Syrett venait de percuter un arbre à toute allure, que sa voiture s'était retournée et que n'ayant pu se dégager, il avait brûlé avec l'Austin.

— Et Mrs Syrett ?

— On l'a ramassée à cent mètres de là, la cuisse brisée. L'Austin était découverte et la jeune femme avait été éjectée, heureusement pour elle, dans le champ en pente douce conduisant à la mer. On pense que le conducteur a perdu le contrôle de sa direction. Voilà toute l'histoire, Miss McCarthery. Vous voyez qu'il ne saurait y avoir de lien avec la fin tragique de Morton ?

— Je l'ignore, Mrs Moremby... et Miss Isla Duns ?

— Vous la connaissez ?

— Oui.
— Une bonne petite. Tenez, vous m'y faites penser. C'était elle qui servait les Syrett à table lors de ce fâcheux incident. Où travaille-t-elle en ce moment ?
— Nulle part. Elle est morte.
— Morte, Isla ? Mais elle était toute jeune ?
— Les assassins ne tiennent guère compte de l'âge.
— Quoi ? Elle aussi ?
— Oui. A Callander.
— Dans ce...
— Dans ce pays de sauvages, parfaitement, Mrs Moremby. Je vous remercie de vos renseignements ; j'espère qu'ils me seront utiles. Au revoir.

Lorsque McRae vit arriver Imogène, il devina tout de suite que quelque chose n'allait pas. La démarche agressive, l'œil chargé d'éclairs, elle brandissait son sac comme une arme.
— Vous semblez en colère ?
— En colère ? Dites que j'étouffe de rage ! J'ai entendu une idiote traiter les Ecossais de sauvages sans pouvoir protester sous peine de voir tarir la source de mes renseignements. Je suis d'une humeur !... Je vous avertis, Hamish, le premier que j'entends proférer la plus légère insulte à l'égard des Ecossais, je lui saute dessus !
Pour l'apaiser, McRae l'invita à déjeuner dans un restaurant qui devait compter parmi les plus élégants de Maryport. Sur le seuil de l'établissement, Miss McCarthery eut un scrupule :
— Vous risquez de vous ruiner, Hamish ?
— Aucune importance, c'est mon journal qui paiera. Je mettrai l'addition sur la note de frais. Moi aussi, je suis Ecossais, ne l'oubliez pas !
L'heure assez tardive fit pénétrer les deux voyageurs dans une salle où la plupart des convives, leur repas terminé, prenaient le café en bavardant. C'était le moment des digestions paisibles qui inclinent à

l'euphorie et à la bienveillance. Imogène et McRae s'installèrent dans un coin, non loin d'une table bruyante de commis voyageurs où l'on parlait haut. Miss McCarthery commanda un haddock et le journaliste un « beefsteack and kidney pie [1] » et tous deux tombèrent d'accord pour terminer leur modeste festin sur un Queen's pudding [2]. Tout en mangeant, Imogène conta son entrevue avec Mrs Moremby et avoua ne pas comprendre en quoi l'accident de voiture des Syrett pouvait être rattaché à la mort de John Morton. Elle se demandait même si elle ne s'était pas trompée en orientant ses recherches vers Maryport sur la foi d'Isla. S'il demeurait incompréhensible qu'Hastings n'ait pas semblé reconnaître la dépouille de Morton, on ne pouvait l'accuser formellement d'être l'homme venu au secours de Mrs Syrett. Tout cela se révélait fort embrouillé. A moins que Syrett ait échappé à la mort ? Mais la compagnie d'assurances avait dû procéder à toutes les enquêtes possibles et imaginables. En outre, Morton avait parlé de l'enterrement de Syrett... Miss McCarthery finit par convenir que la tâche se révélait peut-être au-dessus de ses forces et qu'elle serait, sans doute, mieux inspirée de tout raconter à Hastings. Seulement, si l'inspecteur était mêlé de près ou de loin à cette histoire, il risquait d'étouffer l'affaire.

Avec la permission de sa voisine, McRae alluma une cigarette et, ayant exhalé un nuage de fumée, il donna son avis :

— Personnellement — et je le reconnais : parce que je pense à ma série d'articles — je ne crois pas que vous devriez mettre la police au courant. Ainsi que vous l'avez justement remarqué, si Hastings est dans le coup — notez que je continue à refuser cette

1. Couches alternées de viande de bœuf et de rognons, cuits dans une pâte.
2. Pudding aux fruits.

hypothèse tout en admettant que son attitude est troublante — il nous court-circuitera. Le mieux est d'aller de l'avant et, si nous échouons, à part nous, qui le saura ? Excusez-moi de vous parler ainsi, Miss, mais, voyez-vous, pour être tout à fait franc, je ne suis pas un journaliste bien coté... On trouve que j'aime trop le whisky et pas assez le travail... J'ai trente-cinq ans... Si mon journal me flanque à la porte, je serai sur le sable pour un bout de temps... Tout ceci pour vous dire combien ce reportage en votre compagnie peut être important pour moi... Je ne voudrais pas me montrer sous un jour mélodramatique, Miss McCarthery, mais... c'est un peu ma dernière chance !

Touchée, Imogène prit la main de McRae et la serra.

— Entendu, Hamish, nous n'abandonnerons pas !

Et pour apaiser une émotion qui risquait de lui faire perdre une partie de ses moyens, elle commanda un second Queen's pudding.

Omer Tiwstle n'était pas un méchant homme, mais il n'aimait pas les Ecossais et ce pour de multiples raisons. D'abord parce que dans la maison de quincaillerie de Leeds qui l'occupait, le chef du service des ventes venait d'Edimbourg et n'appréciait nullement les qualités de Twistle au prix où lui-même les estimait. Ensuite, parce que, pendant la guerre, il avait eu affaire à un sous-officier de Glasgow qui s'était montré à son égard d'une injustice révoltante. Enfin parce qu'il rentrait d'une tournée en Ecosse dont les résultats s'affirmaient désastreux. Aussi, lorsque Bert Farthington — le représentant de Smith & Brown — émoustillé par les liquides bus au cours du repas en l'honneur de son prochain départ en vacances se mit à chanter les charmes des lochs écossais où il comptait bientôt pêcher, Omer Twistle crut bon de remarquer :

— Je ne dis pas, Farthington, que l'Ecosse ne

serait pas un pays agréable s'il n'y avait pas ces maudits Ecossais !

Imogène, qui portait à ses lèvres le dernier morceau de son pudding, resta la fourchette en l'air. Inconscients de l'orage qui s'accumulait tout près d'eux, les voyageurs continuaient :

— Vous ne semblez pas porter les gens des Highlands dans votre cœur, Twistle ?

— Ils me dégoûtent, Farthington ! Vous entendez ? Ils me dégoûtent ! Je vous le demande, comment peut-on prendre au sérieux ces porteurs de jupettes ?

Pâle, Imogène se dressa. McRae voulut la retenir par le bras, mais elle se dégagea.

— Laissez, Hamish... C'est une question d'honneur ! Et je m'étonne que vous puissiez entendre de pareilles choses sans boxer immédiatement celui qui les profère !

— Je ne suis pas batailleur, Miss.

— Je vous remplacerai donc !

Les hommes n'ont que rarement le pressentiment des catastrophes qui les menacent de façon imminente. Twistle ne faisait pas exception à la règle. Tandis qu'Imogène se dirigeait lentement vers lui, il poursuivait :

— Jamais je n'ai rencontré des gens aussi arriérés et aussi avares ! Pour conclure un marché, il aurait fallu que je leur abandonne ma commission ! Non, Farthington, si j'étais à votre place, je me rendrais plutôt au Kenya : les Mau-Mau ne sont pas pires que les Ecossais et ils sont plus originaux !

L'air embarrassé de Farthington surprit Twistle, mais il n'eut pas le temps de l'interroger, car une voix glacée lui demandait :

— Vous paraissez ne pas apprécier beaucoup les Ecossais, sir ?

Omer sursauta, se tourna légèrement sur sa chaise et se trouva devant une grande femme aux cheveux rouges. La question avait été posée d'une voix assez haute pour que toute la salle se tût, attentive à ce qui se passait. Dans son coin, McRae se cala confortablement pour ne rien perdre d'un spectacle qu'il prévoyait savoureux. Un peu embêté, Twistle se réfugia dans la hargne. Sans se lever, il grogna :

— Et en quoi mon opinion vous intéresse-t-elle, Madame ?

— Je suis Ecossaise, sir.

— Tant pis pour vous !

Et il eut un ricanement qui s'étrangla dans un hoquet d'indignation lorsque Imogène, prenant délicatement la tasse de café du rustre, la lui versa sur son gilet d'un jaune canari en disant :

— Afin que vous n'oubliiez pas l'Ecosse, sir...

Miss McCarthery regagna sa place paisiblement sous les rires de l'assistance, un peu choquée, mais tout de même enchantée de ce divertissement imprévu. Se sentant ridicule, Twistle se leva et allant à la table de l'Ecossaise et du journaliste, il s'adressa à ce dernier :

— Etes-vous avec cette dame, sir ?

— J'ai cet honneur, en effet...

La gifle que lui assena Omer fit sauter les lunettes d'Hamish, mais Twistle n'eut pas le temps de profiter de sa victoire car Imogène, saisissant le plat à pudding, le lui brisait sur la tête. Assommé, l'Anglais s'écroula. Aussitôt, le maître d'hôtel et le premier serveur se précipitèrent pour empoigner Miss McCarthery qui ne se laissa pas faire. Le premier serveur n'était pas Ecossais, mais il avait à se plaindre du maître d'hôtel. Il jugea l'occasion magnifique de se venger et, sous prétexte de lui porter secours, il lui administra un magnifique crochet du droit qui projeta le maître d'hôtel sur Twistle en train de se relever. Ignorant l'aide qui venait de lui être ainsi apportée, McRae flanqua son gauche sur le nez de son allié insoupçonné qui rompit le combat en beuglant de souffrance. Demeurée maîtresse du champ de bataille, Miss McCarthery eut le tort de vouloir accentuer sa victoire en hurlant de toutes ses forces :

— Mort aux Anglais usurpateurs !

Personne ne comprit très bien cette épithète d'usurpateurs, mais la première partie de l'imprécation suffisait pour dresser les fidèles sujets de Sa Gracieuse Majesté. Le reste du personnel se précipita et tout eût été très vite terminé si, par malheur, deux Irlandais ne s'étaient trouvés dans la salle. Du moment qu'on cognait sur les Anglais, ils étaient d'accord. L'un d'eux, un quadragénaire massif, commença par flanquer son poing dans le visage de son vis-à-vis qui avait eu le mauvais goût de protester contre l'injure proférée par Imogène, puis il hurla à son tour :

— Mort aux Anglais assassins !

L'effet fut immédiat et trois gentlemen lui tombèrent dessus à bras raccourcis. Le second Irlandais, renversant sa table pour aller plus vite, prit les agresseurs de son compatriote à revers. Pendant ce temps, McRae et Imogène, usant de tout ce qui leur tombait sous la main, tenaient tête aux garçons pas tellement soucieux, d'ailleurs, de recevoir des coups. Un serveur réussit, cependant, à immobiliser Imogène en lui saisissant les deux poignets. Se voyant vaincue, elle cria :

— Il n'y a donc pas un homme des Highlands dans cette salle ?

Il y en avait trois, mais qui, jusqu'ici, avaient évité de se mêler à la bagarre, ne tenant pas à gâter leurs costumes avec toutes les dépenses que cela entraînerait mais il y a des circonstances où un Ecossais, sous peine de perdre l'honneur, se voit contraint d'oublier son atavique instinct d'économie et les trois hommes se ruèrent au secours d'Imogène. Sous ce choc imprévu, les garçons plièrent et refluèrent vers le hall. De leur côté, les Irlandais déchaînés bousculaient leurs adversaires. Quant à Twistle, inconscient, piétiné par les uns et par les autres, il n'était pas près de revenir à une claire compréhension de la situation. Son ami Farthington, réfugié sous une table, essayait de tous les moyens en son pouvoir pour tenter d'arrêter l'hémorragie nasale qui l'étouffait tout en se demandant par quel miracle, entré dans ce restaurant où il avait ses habitudes pour manger un « toad-in-the-hole [1] » dont il raffolait, il se retrouvait dans cet endroit inconfortable et en si piteux état ! Sous la pression conjuguée des Ecossais et des Irlandais, les hôtes anglais et les derniers représentants valides du personnel étaient peu à peu refoulés vers le hall. Imogène, debout sur une table, encourageait ses partisans et, à McRae qui se retournait pour lui sourire, elle jeta, triomphante :

— C'est un nouveau Bannockburn, Hamish !

Hélas ! un coup de sifflet strident indiqua que la police entrait dans le jeu et l'espoir, comme à Waterloo, changea immédiatement de camp. La vue des uniformes calma l'ardeur des belligérants et sous les ordres d'un sergent du genre apoplectique, les constables empoignèrent les valides et les blessés, les collèrent dans un car et les transportèrent au poste de police où ils furent enfermés. Avant que la grille de sa cellule ne le séparât d'Imogène, le journaliste eut le temps de lui lancer :

— Ce n'était pas Bannockburn, Miss, mais Culloden !

Le juge devant lequel tous les coupables furent déférés ne comprit pas grand-chose à ce qu'on lui racontait. Des exposés contradictoires, il crut saisir qu'il s'agissait d'une bagarre entre Ecossais et Anglais pour un motif qu'il ne parvenait pas à discerner exactement. Toutefois, la présence de deux Irlandais compliquait les choses, car il se demandait ce que ces deux-là venaient faire dans cette histoire. Un

1. Petits morceaux de beefsteack cuits au four entre deux couches de pâte.

nommé Farthington racontait une abracadabrante histoire de « toad-in-the-hole » mangé sous la table — si le juge comprenait bien — ce qui lui apparaissait comme une idée assez saugrenue, avec une hémorragie nasale qui arrivait là comme des cheveux sur la soupe. Un autre jurait qu'on lui avait renversé sciemment une tasse de café sur son gilet tout neuf, que l'auteur de ce méfait était cette grande femme plate et que, pour cette raison, il s'était cru obligé de gifler un journaliste de Glasgow. Logique complètement imperméable au magistrat. Quant à la soi-disant provocatrice, interrogée, elle s'était bornée à répondre qu'on voyait là un nouvel acte d'arbitraire des représentants de la Couronne aux dépens des Ecossais. Au surplus, le juge ne sut jamais par quel cheminement de la pensée cette virago le rendait partiellement responsable de la mort de Marie Stuart. Un quinquagénaire aux yeux pochés expliqua qu'il savourait tranquillement une tarte à la mélasse lorsque son voisin, sans la moindre provocation de sa part, l'avait brutalement frappé au visage. Après, il ne se rappelait plus rien. Le voisin, un Irlandais, sommé de s'expliquer, se contenta de répliquer :

— On avait crié : « Mort aux Anglais ! », Votre Honneur.

— Et cela suffit pour que vous vous conduisiez comme une brute ?

— Pas comme une brute, Votre Honneur, comme un justicier ! Dès que je vois un Anglais, j'ai envie d'y taper dessus !

— Je suis Anglais moi-même !

— Je sais, Votre Honneur, mais je respecte la loi anglaise, du moins quand je ne peux pas agir autrement.

— Et si je vous envoyais passer quelques jours en prison ?

— Pour un Irlandais, les prisons anglaises ne sont pas une nouveauté, Votre Honneur.

Le juge, homme paisible et détestant les histoires

compliquées, divisa la somme demandée par le propriétaire du restaurant pour les dégâts causés à son établissement en autant de parts qu'il y avait d'inculpés. Il refusa les dommages et intérêts pour les coups reçus et les vêtements déchirés, estimant que nul ne s'était trouvé dans l'obligation de se battre. Lorsque chacun eut payé son écot, il fut libre de se retirer. L'inspecteur Hastings attendait Imogène et McRae.

— Eh bien, Miss McCarthery, vous échappez à la prison cette fois encore ?

— Je reconnais que c'est surprenant, inspecteur, car, d'ordinaire, ce sont les innocents qu'on y enferme et généralement pas ceux qui devraient s'y trouver...

Ayant dit, elle adressa un clin d'œil si discret au journaliste, qu'à moins d'être aveugle, il eût été difficile de ne pas le remarquer.

— Dois-je comprendre, Miss, que vous me reprochez de n'avoir pas encore arrêté l'assassin de Morton et d'Isla Duns ?

Imogène recommençait à s'énerver :

— Hastings, moquez-vous des autres tant qu'il vous plaira, mais pas d'Imogène McCarthery ! Vous n'arrêterez jamais l'assassin en question parce que vous ne pouvez pas l'arrêter !

— Et pour quelles raisons, Miss ?

— Mais parce que c'est...

Pour éviter la catastrophe, McRae se jeta dans la conversation :

— Miss McCarthery, toutes ces émotions vous ont énervée... Allons donc prendre une tasse de thé ?

L'Ecossaise se rendit compte que, un peu plus, elle disait à Hastings qu'il était l'assassin. Elle se domina :

— Vous avez raison, Hamish... Je sens que j'ai besoin de prendre quelque chose. Mais, avant de vous quitter, inspecteur, je serais heureuse que vous me confiiez par quel hasard vous vous trouvez ici ?

— Rien de plus simple, Miss. Il se fait voyez- vous — quoi qu'en puissent penser certains — que je connais mon métier.

Tandis qu'ils roulaient vers Callander où ils devaient arriver à la nuit, Imogène s'excusa auprès de McRae de tout ce qui lui arrivait par sa faute. Mais ce dernier paraissait heureux comme un poisson dans l'eau.

— Vous auriez bien tort, Miss, de vous faire le moindre souci pour moi. Je suis sûr maintenant, non seulement d'écrire de bons articles sur notre commune aventure, mais peut-être d'en composer un livre. Vous ne pensez pas que cela compense les quelques horions encaissés ?

En bonne Ecossaise, Miss McCarthery ne put se tenir de dire :

— Et l'argent que vous a réclamé ce juge imbécile ?

— N'oubliez pas, Miss, que je ne suis pas ici à mon compte, mais aux frais de l'*Evening News*, de Glasgow !

Imogène ne se déridait pas. Elle avait mis tant d'espoir sur ce voyage à Maryport qu'en revenir bredouille la navrait. Pourtant, elle s'affirmait certaine que le nœud de l'affaire était là, sans cela pourquoi le meurtrier s'en serait-il pris à Isla Duns ? Et puis, elle commençait à avoir peur d'Hastings. Par quels moyens l'avait-il suivie à Maryport, sinon parce qu'il soupçonnait Morton ou Isla de s'être laissé aller aux confidences ? Plus elle avançait dans ses déductions et plus elle se persuadait de la culpabilité du policier. Mais tant qu'elle ne découvrirait pas les mobiles de son crime, elle ne pourrait rien. Son impuissance l'enrageait.

Pour l'arracher à ses idées moroses, McRae imita le juge, le bonhomme qui l'avait souffleté et attrapa à la perfection les intonations de l'inspecteur Hastings discutant aigrement avec Imogène. Pour corser le tout, il improvisa un dialogue absurde entre Tyler et McClostaugh. Miss McCarthery riait aux larmes.

Hamish McRae accompagna Miss McCarthery jusque chez elle. Quand ils furent arrivés devant la maison, la lampe électrique du journaliste éclaira une énorme inscription tracée au minium sur le mur de clôture :

GO HOME, IMOGENE

VIII

Le sergent McClostaugh descendait de sa chambre du pas lourd du quinquagénaire mal réveillé et qui a bien du mal à relancer la machine. Il s'en fut ouvrir la porte donnant sur la rue et, après avoir jeté un regard soupçonneux sur les gros nuages montant de l'horizon à l'est, il gagna son bureau pour y procéder à un nettoyage sommaire en attendant que Tyler, au retour de sa tournée, achevât la besogne. Avant de commencer un travail qui le rebutait, Archibald s'octroya une petite goutte de whisky, histoire de s'éclaircir les idées et mit à chauffer la casserole d'eau pour le thé matinal. Il allumait son réchaud lorsque Imogène effectua une entrée fracassante. La porte violemment poussée s'en alla battre le mur et l'Ecossaise avançait avec tant d'impétuosité qu'elle renversa la chaise sur laquelle McClostaugh avait soigneusement accroché sa veste. La surprise fit oublier à Archibald de lâcher son allumette qui le brûla. Il poussa un juron et, en constatant que sa tunique s'étalait dans la poussière du plancher, il en proféra un second.

— Décidément, McClostaugh, vous n'êtes pas un gentleman !

La rage serrait la gorge du sergent au point qu'il ne pouvait articuler une phrase. Il jura encore et empoignant sa visiteuse par le bras, il l'entraîna de force vers la sortie. Miss McCarthery se débattit tant et si bien qu'elle s'arracha à l'étreinte du policier en criant :

— Vous êtes devenu fou, McClostaugh ?

— Ça se pourrait !... Filez ou je vous cogne dessus !

— Vous oseriez frapper une femme ?

— Une femme, vous ?

Archibald eut un rire d'une grossièreté révoltante.

— Une sorcière ! Voilà ce que vous êtes ! Une sorcière !

— Mais, enfin, Archie, qu'avez-vous contre moi ?

Le cynisme ingénu de la question stoppa net le sergent. Il regarda son ennemie, se demandant si elle se moquait de lui ou si elle était inconsciente.

— Ce que j'ai contre vous ?

Il allait se lancer dans une énumération de tous les maux dont il souffrait et dont Miss McCarthery s'affirmait la responsable lorsque devant l'énormité de la tâche il recula. Il eut un geste désabusé et, profitant de ce que le constable entrait, il le prit à témoin :

— Tyler... savez-vous qu'elle a le front de me demander ce que j'ai contre elle ?

Le constable ne voulait absolument pas paraître prendre parti pour l'un ou l'autre des adversaires. Une fois de plus, il tenta de concilier la vérité et son amitié pour la fille de feu le capitaine McCarthery :

— Je crains, Miss, qu'entre le sergent et vous il n'y ait quelques malentendus ?

— Vraiment ? Vous le croyez, Tyler ? Alors, c'est que je ne m'en suis pas aperçue...

Le fracas de la théière que McClostaugh venait de jeter par terre où elle éclata, fit taire les deux autres. Le sergent se laissa tomber sur son fauteuil et le constable se précipita au secours de son chef, mais ce dernier le repoussa pour se redresser en hurlant :

— Emmenez-la, Tyler ! Emmenez-la ou il va y avoir un malheur !

— N'y comptez pas, McClostaugh, je ne sortirai

pas tant que vous ne m'aurez pas entendue, comme c'est votre devoir !

— Mon devoir ? Mon devoir, Miss, est d'éliminer tout ce qui porte atteinte à l'ordre public que je suis chargé de faire respecter ! Et vous ne cessez pas de le troubler, l'ordre public !

— Vous avez terminé !

— Je m'arrêterai quand j'en aurai envie et ce n'est pas vous qui me donnerez des ordres !

— Je ne suis pas venue pour vous donner des ordres, mais pour déposer plainte !

— Quoi ?

— Seriez-vous sourd, McClostaugh ? Je dépose plainte !

Le sergent se tourna vers le constable :

— Vous entendez, Tyler ? Elle dépose plainte ! Elle ose déposer plainte ! J'aurai tout vu, tout écouté dans ma chienne de vie ! Et dire qu'on assassine un pauvre vieux qui, vraisemblablement, n'avait jamais causé le moindre ennui à personne ! On tue une gamine sans doute aussi innocente que l'agneau qui vient de naître... mais elle, on la rate toujours ! Croyez-moi, Tyler, les assassins ne connaissent pas leur métier... Et non seulement, on ne la tue pas, alors que sa disparition serait un soulagement pour tout le monde, mais encore elle a le culot de prétendre déposer une plainte !

Raide, tendue, Miss McCarthery déclara posément :

— Je retiens, sergent McClostaugh, que devant votre subordonné vous avez regretté que je ne sois pas assassinée. Nous en reparlerons plus tard. Pour l'instant, je vous ordonne d'enregistrer ma plainte !

— Elle ordonne, Tyler ! Est-ce que, par hasard, on vous aurait donné ma place sans que j'en sois informé, Miss ?

— Pour la dernière fois, sergent, je vous déclare en présence du constable Tyler que je dépose plainte et si vous refusez de m'écouter je vous attaque en forfaiture et corruption !

— Rien que cela ?

— Je pense que cela suffira pour vous faire chasser de la police où l'on n'a nul besoin de policiers véreux, incapables d'assumer leur tâche et qui se laissent acheter !

— Voyez-vous ça !

— Car en m'empêchant de déposer plainte, vous trahissez votre mission et votre refus ne peut s'expliquer que parce que ceux dont j'ai à me plaindre vous ont acheté !

Timidement, le constable conseilla :

— Il faudrait peut-être savoir contre qui Miss McCarthery veut déposer plainte, sergent ?

— Mêlez-vous de ce qui vous regarde, Tyler ! Bon, allez-y, Miss, je vous écoute... J'ai besoin de rire un peu !

Imogène raconta qu'on avait profité de son absence pour peindre au minium une inscription injurieuse sur le mur de son jardin.

— Quelle inscription, Miss ?

— *Go home, Imogène !*

— Et alors ?

— Et alors, je dépose plainte pour dégradation volontaire et injure.

— Je ne vois pas qu'il y ait injure. Cet anonyme n'a fait que vous transmettre l'opinion de tout Callander. Si je le connaissais, je lui serrerais volontiers la main.

— Si je comprends bien, vous refusez d'enregistrer ma plainte ?

— Vous comprenez bien, Miss.

— Vous êtes témoin, n'est-ce pas, Tyler ?

Le constable s'approcha du sergent :

— Permettez, sergent... Vous ne pouvez pas refuser... Il y a dégradation et cela tombe sous le coup de la loi...

— Vous feriez mieux d'avouer tout de suite, Tyler,

que vous êtes complice de cette femme ? C'est bon... Je reçois votre plainte, Miss McCarthery... mais ne comptez pas sur moi pour découvrir l'auteur de ce que je considère comme un acte de civisme !

— Rassurez-vous, sergent, je n'ai nul besoin de vous pour le découvrir !

Au cours de sa tournée, Tyler apprit à ceux qui l'ignoraient ou feignaient de l'ignorer ce qu'on avait fait à Miss McCarthery et, sans en avoir l'air, il guettait la réaction de ses interlocuteurs. Au *Fier Highlander* Ted Boolitt s'indigna en écoutant le récit du constable avec lequel il tomba d'accord pour estimer qu'il fallait chercher le coupable parmi ceux qui détestaient Imogène et ne s'en cachaient pas.

— Il y a bien Harry Lowden, mais je ne pense tout de même pas que le maire oserait agir de cette façon... Il risquerait trop gros...

— Il aurait pu en charger un autre ?

— Dangereux... Je ne vois que Keith McCallum, avec qui il est assez copain pour lui demander un pareil service, mais Keith est prudent...

— A propos, Ted, votre femme n'est pas sortie, hier soir ?

— Je vois ce que vous voulez dire, Tyler ; mais non, elle n'est pas sortie, et même serait-elle sortie, elle n'aurait jamais osé sachant que je lui casserais les reins...

Lorsque le constable pénétra dans l'épicerie, il trouva Mrs Frazer, Mrs Plury et Mrs Sharpe en grande conversation avec Elizabeth McGrew.

— William n'est pas là, Mrs McGrew ?

— Il travaille dans la resserre.

— Je souhaiterais lui parler, avec votre permission.

Intriguée, Elizabeth appela son mari qui arriva, ceint de son grand tablier bleu.

— Salut, Tyler.

— Salut, McGrew. Vous êtes au courant de ce qui s'est passé cette nuit ?

— Non.

Le constable raconta une fois de plus l'affaire et conclut :

— C'est grave, McGrew, parce que ce sont là des mœurs que nous ne pouvons pas tolérer... Si on met la main sur le ou la coupable, ça risque de lui coûter très cher... Non seulement une bonne amende et la charge de repeindre le mur de Miss McCarthery, mais encore un séjour en prison. Je cherche quelqu'un qui s'est absenté de chez lui cette nuit... Je pense que ce ne sera pas très difficile...

Tyler ayant refermé la porte derrière lui, McGrew, sans regarder sa femme ni les clientes, déclara, comme s'il se parlait à lui-même :

— Il n'y a pas tellement de gens à Callander qui possèdent du minium chez eux... Pas tellement non plus qui détestent Imogène McCarthery au point de se conduire de cette ignoble façon... Si c'est un homme le responsable, je plains sa malheureuse femme, car c'est un pas grand-chose... et si c'est une femme, je crois que son mari trouvera là une bonne occasion pour divorcer... Ce n'est pas agréable pour un gentleman d'aller voir sa femme en prison... Et quelle confiance pourrait-il désormais avoir en une épouse qui agirait avec une pareille lâcheté ? D'avance, je le plains de tout mon cœur, ce malheureux...

Muettes, les clientes regardaient McGrew avec des yeux arrondis par la peur. Quant à Elizabeth, elle affectait un détachement que la nervosité de ses gestes révélait factice. William releva la tête :

— Dites-moi, Elizabeth, n'êtes-vous pas allée à une pieuse réunion avec ces dames, hier soir ?

— Mais oui...

— Heureusement pour vous toutes que le Révérend Haquarson pourra en témoigner, sinon vous auriez pu être soupçonnées... Vous voyez-vous obligées de quitter Callander en voiture cellulaire pour gagner la prison de Perth ? Rien qu'à cette idée, je sens les jambes me manquer...

Alors, Mrs Plury craqua :

— Je ne savais pas... Je vous jure que je ne savais pas, mais je ne veux pas aller en prison... ! Je ne veux pas aller en prison... !

Les autres essayèrent de lui imposer silence, mais McGrew lui porta le dernier coup :

— Me faut-il entendre, Mrs Plury, qu'une personne aussi distinguée que vous soit l'auteur de cet acte infamant... ?

— Je n'étais pas seule !

Et, montrant les trois autres :

— Elles se trouvaient toutes avec moi !

William McGrew ôta posément son tablier et enfila sa veste. Mrs McGrew lui demanda d'une voix chevrotante :

— Que faites-vous, William ?

— Je vais vous dénoncer à McClostaugh.

Mrs Frazer désigna l'épicière d'un index vengeur :

— C'est elle qui nous a entraînées !

Comme s'il n'avait rien entendu, McGrew ajouta de sa même voix égale :

— Et, naturellement, je passerai chez Lew Roberts pour le prier d'entamer la procédure du divorce.

Il prit son chapeau qu'il posa sur sa tête. Mrs McGrew chuchota :

— Je vous demande pardon, William...

— Je crains qu'il ne soit trop tard...

A son tour, l'épicière abandonna toute pudeur :

— J'irai en prison s'il le faut, William, mais ne m'abandonnez pas ! Vous êtes mon mari devant Dieu... Si vous divorcez, je me tuerai !

McGrew feignit la surprise :

— J'ignorais que vous teniez tant à moi, Elizabeth ? Craindriez-vous de perdre votre souffre-douleur ?

Mrs Sharpe, ravalant ses larmes, supplia l'épicier :

— Monsieur McGrew... nous sommes de vieilles et fidèles clientes... ne pourriez-vous nous éviter la prison ?

Il parut s'absorber dans des réflexions profondes d'où il émergea au bout d'un instant pour dire :

— Il y aurait peut-être un moyen...

Un quadruple « Ah ! » souligna une quadruple espérance.

— ... Obtenir de Miss McCarthery qu'elle retire sa plainte.

Mrs Frazer haussa les épaules :

— Jamais elle n'acceptera !

— Peut-être que si je le lui demandais...

Elles se jetèrent sur lui, lui embrassant les mains, le caressant, le cajolant. L'épicier eut de la peine à se dégager.

— Naturellement, je ne promets rien. Je tenterai d'agir au mieux.

Alors qu'il mettait la main sur la poignée de la porte, sa femme s'enquit :

— Et vous n'irez pas chez Lew Roberts ?

— Disons que je me donnerai le temps de réfléchir et de reconsidérer la situation...

Il était déjà sur le seuil quand il se retourna pour ajouter :

— Désormais, c'est vous qui vous occuperez de tenir la resserre en état, Elizabeth...

— Bien sûr, William...

— ... Et d'aller chercher les marchandises à la cave...

— Avec plaisir, William...

— ... Et vous ne grognerez plus lorsque j'irai me réconforter au *Fier Highlander* ?

Ce fut nettement plus difficile, mais sur ce point aussi, elle céda :

— Il en sera comme vous voudrez, William.

Il promena sur ces quatre femmes éplorées un regard dominateur, puis :

— C'est bien. J'espère vous rapporter une bonne nouvelle.

D'une même voix, elles répondirent :

— Dieu vous bénisse !

— Retourner chez moi ? Non mais, c'est ici, chez moi ! Je suis presque sûre que cette McGrew a fait le coup ! Si j'en étais certaine, j'irais dans son épicerie lui flanquer en public la correction qu'elle mérite !

Imogène ne décolérait pas en dépit des efforts de Mrs Elroy essayant de l'apaiser.

— Et ce McClostaugh qui ne voulait même pas recevoir ma plainte ! Il a partie liée avec tous ceux qui m'en veulent de ne pouvoir me ressembler ! Alors, il admet qu'on vienne m'insulter la nuit ! Des lâches ! Tous des lâches !

— C'est parce que vous êtes seule, Miss Imogène... Vous auriez un mari, personne n'oserait s'en prendre à vous...

— Vous n'allez pas encore me reparler de votre petit-cousin, Rosemary ?

— Je suis convaincue que vous vous entendriez très bien avec Angus et quand je le rejoindrai, votre père me remerciera !

Vu l'état d'esprit d'Imogène, la conversation risquait de prendre un tour désagréable lorsque William McGrew l'interrompit en sonnant à la porte du jardin. Miss McCarthery se sentait de trop mauvaise humeur pour recevoir qui que ce soit, mais lorsqu'elle apprit que l'épicier demandait à lui parler, elle devina ce qui l'amenait et la paix du triomphe l'imprégna d'un coup, la calmant.

Introduit par Mrs Elroy, William, le chapeau à la main, se dandinait comme un ours, attendant qu'on l'invite à s'asseoir, ce que Miss McCarthery ne semblait nullement disposée à faire. Sèchement, elle l'interrogea :

— Vous avez à me parler, McGrew ?

— S'il vous plaît, Miss.

— A quel sujet ?
— Pour l'affaire de cette nuit...
— Tiens, tiens... En connaîtriez-vous l'auteur ?
— Oui, Miss.
— Asseyez-vous, McGrew.
Ils prirent place.
— Alors... qui ?
— Ma femme, Miss McCarthery...
— Je m'en doutais !
— Avec Mrs Frazer, Mrs Plury et Mrs Sharpe.
— Je le regrette pour vous, McGrew, mais je les poursuivrai !
— C'est votre droit, Miss... J'ai dit à Elizabeth que je réclamerai le divorce... mais je ne le ferai pas... Je ne peux pas l'abandonner maintenant qu'elle n'est plus toute jeune et bien qu'elle m'ait empoisonné l'existence... Je pense que nous quitterons Callander... Ce sera dur... Enfin, il faut savoir se soumettre, quand on ne peut rien...
Mrs Elroy se mit à pleurer.
— Je vous plains beaucoup, William McGrew... Vous ne méritiez pas ça !
— Merci, Mrs Elroy.
— Mais qu'est-ce qui lui a pris à votre Elizabeth ?
— La jalousie, Mrs Elroy... Comme toutes les autres, elle devient folle devant le succès de Miss McCarthery, surtout que je ne me suis jamais gêné pour proclamer tout haut l'admiration que je vous porte, Miss... Alors, dans un sens, tout bien réfléchi, ce qui arrive est un peu ma faute.
Imogène était tout ce qu'on voulait, sauf méchante. Profondément émue, quoiqu'elle entendît n'en rien laisser paraître, elle affecta un air désinvolte pour annoncer :
— Par amitié pour vous, McGrew, je retirerai ma plainte.
— Vous feriez cela, Miss ?
— Oui, mais à une condition : c'est votre femme elle-même qui viendra effacer l'inscription sur le mur.

— Quand je devrais l'y traîner par la peau du cou, Miss, je vous jure qu'elle le fera ! Permettez-moi d'aller annoncer la bonne nouvelle de votre générosité, Miss, à ces malheureuses qui se voient déjà au cachot avec des boulets de dix livres à chaque pied !

On rit et l'atmosphère fut détendue. Avant de sortir, McGrew demanda à Imogène si elle comptait démasquer bientôt le meurtrier de l'Anglais et de la petite servante.

— Je m'y emploie de mon mieux, McGrew, mais c'est difficile, surtout que je ne peux absolument pas espérer être aidée par la police.

— Ça n'a pas d'importance, Miss. Vous n'avez pas besoin d'elle pour réussir et ici, à Callander, nous sommes tous sûrs que vous réussirez !

Et le plus simplement du monde, elle répliqua :

— Je le pense aussi.

L'inspecteur Hastings rencontra McRae dans la rue principale de Callander.

— Alors, McRae, toujours content de jouer les confidents de notre Imogène ?

— Hastings, vous me croirez si vous le voulez, mais je n'avais encore jamais approché un personnage de cette envergure ! Chaque fois que l'on sort avec elle, il est impossible de prévoir ce qui arrivera. Elle est tout aussi capable de boxer le lord-maire de Londres si elle le surprenait en train de raconter une histoire où les Ecossais seraient mis en boîte que d'entrer dans une cage pour caresser un tigre en l'appelant mon minet...

— En bref, ce n'est pas une personne de tout repos, hein ?

— C'est le moins qu'on puisse dire !

— Elle ne semble pas, toutefois, me porter dans son cœur ?

— Dame ! Hastings, vous êtes un des rares à ne pas vouloir la prendre au sérieux !

— Pourquoi ne m'a-t-elle pas prévenu qu'elle se rendait à Maryport ?

— Tout simplement parce qu'elle n'a pas confiance en vous et puis... elle souhaiterait tant vous damer le pion ! Sa réputation est en jeu, vous comprenez ?

L'inspecteur objecta doucement :

— La mienne aussi, McRae.

— Permettez-moi de vous dire que de ça, elle s'en fiche complètement !

Lorsque lady Godiva apprit de son mari Leofric, comte de Chester, la condition qu'il mettait pour céder à sa demande visant la diminution des impôts accablant Coventry [1], elle ne dut pas éprouver une honte plus grande que celle d'Elizabeth McGrew quand son époux lui rapporta ce qu'exigeait Miss McCarthery pour retirer sa plainte. Son premier mouvement fut de refuser, mais Mrs Sharpe, Mrs Frazer et Mrs Plury la supplièrent de sacrifier son amour-propre pour sauver leur honneur et leur commune liberté. De plus, William montrait nettement par son attitude qu'il n'accepterait pas une reculade. La malheureuse Elizabeth tenta un ultime effort :

— Je... je pourrai m'y rendre cette nuit ?

Mais McGrew ne céda pas.

— Non, Elizabeth, vous devez y aller tout de suite !

Comme on s'en doute, tout Callander était déjà au courant et lorsque, ceinte d'un grand tablier destiné à la protéger, Elizabeth McGrew sortit de son épicerie, un pot de peinture et un pinceau à la main, ils furent des dizaines et des dizaines à l'épier derrière leurs rideaux. Mrs Sharpe, Mrs Plury et Mrs Frazer tinrent à ne pas abandonner leur complice et le défilé de ces quatre femmes, tête basse, à travers la ville, fit

1. Traverser la ville, toute nue, sur un cheval.

plus encore pour la gloire d'Imogène McCarthery que tous les exploits mis jusqu'ici à son actif. On admira tout ensemble sa grandeur d'âme et la subtilité de sa vengeance. Au *Fier Highlander*, Ted Boolitt rayonnait et portait toast sur toast à la santé de Miss McCarthery. A sa femme qui tâchait de passer inaperçue, il clama devant tout le monde :

— Alors, Margaret, êtes-vous convaincue, à présent, que Miss McCarthery n'est pas quelqu'un à qui on puisse impunément s'attaquer ?

Hamish McRae n'établit pas tout de suite un rapport de cause à effet entre les quatre femmes qu'il avait dépassées sur le chemin menant à la maison d'Imogène et l'inscription sur le mur du jardin. Miss McCarthery l'ayant mis au courant, il ne se tint plus de joie. C'était un nouvel épisode et des plus savoureux qu'il ajouterait à cette « saga » d'Imogène McCarthery qu'il affirmait vouloir écrire le plus vite possible.

— Vous êtes gentil, Hamish... mais, pour l'instant, il faut penser à notre problème.

Mrs Elroy crut trouver un allié en la personne du journaliste.

— Persuadez-la donc, sir, de ne plus se mêler de ces histoires affreuses ! On finira par me la tuer ! Et j'aurai l'air de quoi si je n'ai qu'un cadavre à lui montrer à mon petit-cousin Angus ?

Non seulement McRae ne se sentait absolument pas le goût de contrecarrer la volonté d'Imogène, mais l'apparition de cet Angus inconnu l'intriguait.

— Quel est cet Angus, Mrs Elroy ?

Imogène répondit :

— Un petit-cousin de ma bonne Rosemary qui s'est mise en tête de me marier !

— Mais c'est magnifique ! Quelle plus belle fin qu'un mariage pour ma « saga » !

— Alors, là, Hamish, perdez vos illusions ! je mourrai fille...

Et montrant d'un geste large les photos sur la commode, elle ajouta :

— ... Et je ne serai jamais seule puisque je resterai avec eux ! Mais assez parlé de moi ; revenons-en plutôt à ce qui nous intéresse... J'ai beaucoup réfléchi, Hamish. En dépit de notre échec à Maryport, je suis convaincue que c'est de là-bas que tout est parti. Morton a été tué ainsi qu'Isla Duns pour qu'ils ne révèlent pas quelque fait important. Or, le commun dénominateur de ces deux-là, qu'on le veuille ou non, c'est *Le Poisson et le Cheval*, à Maryport. C'est bien votre avis ?

— Ma foi... je ne vois vraiment pas ce que...

— Réfléchissez, Hamish, il n'y a pas plusieurs hypothèses. Morton a revu Syrett qu'il croyait mort et c'est ce dernier lui-même qui l'a tué. N'oubliez pas que le cadavre de Syrett a été carbonisé et alors, pourquoi ne pas envisager que ce n'était pas lui qui se trouvait dans la voiture accidentée ?

— A quoi rimerait cette substitution ?

— Pour toucher une assurance, peut-être ?

— Vous pensez bien que la compagnie d'assurances a dû prendre tous les renseignements et procéder à une enquête minutieuse. N'oubliez pas également que Mrs Syrett se trouvait elle aussi dans la voiture et qu'elle a échappé à la mort par miracle ?

— Je sais... Mais l'assurance n'était peut-être pas au profit de Mrs Syrett ?

— Dans ce cas, la police aurait cherché du côté de cette tierce personne.

— Evidemment. Toutes vos objections sont valables, Hamish, je le reconnais, car je me les suis déjà posées. J'avoue qu'elles semblent éliminer toute supercherie... Pourtant, je reste persuadée que c'est dans ce sens qu'il faut chercher. Si je n'aboutis pas, alors je me résignerai à conter mes doutes à la police.

— A la police ? Ne m'aviez-vous pas suggéré qu'Hastings... ?

— Dans ce cas-là, ce n'est pas Hastings que j'irai trouver, soyez-en certain. Car, voyez-vous, la présence d'Hastings à Maryport le jour de l'arrivée des Syrett est quand même curieuse et ce d'autant plus qu'il ne veut pas le reconnaître ! La piste Isla Duns-Hastings, me conduit à une autre hypothèse... mais tellement grave que je ne veux pas en parler encore, pas avant d'avoir vu Mrs Syrett en tout cas. Voilà ce que j'ai décidé : je me rends au cimetière de Leeds pour voir de mes yeux la tombe de Syrett ; de là, j'irai saluer le père et la mère du mort. Enfin, je retrouverai Mrs Syrett pour lui poser quelques questions. M'accompagnez-vous ?

— Parbleu !

— Alors, nous partons tout de suite, le temps de boucler une valise. Nous coucherons à Leeds où nous devons pouvoir arriver vers le milieu de l'après-midi. D'accord ?

— D'accord. Je cours chercher ma voiture, je passe un coup de fil à mon journal pour leur apprendre où je suis et je vous attends au bas du chemin comme d'habitude.

En sortant de chez elle, Miss McCarthery constata que William McGrew avait tenu parole. L'inscription injurieuse disparaissait sous une nouvelle couche de minium. Maintenant, il n'y avait plus qu'à attendre les peintres qui remettraient tout en état aux frais d'Elizabeth. Imogène en sourit de plaisir, la riposte victorieuse ayant suivi de très près l'attaque perfide. Néanmoins, comme elle était foncièrement honnête, elle pria McRae de la déposer devant le bureau de police afin de matérialiser la promesse faite à McGrew.

L'inspecteur Hastings bavardait avec le sergent lorsque Miss McCarthery se présenta.

— Excusez-moi de vous déranger, gentlemen,

mais, partant en voyage, je ne puis attendre plus longtemps...

McClostaugh ricana :

— Vous nous voyez navrés, Miss, mais vous devrez pourtant attendre ou repasser.

Avant qu'Imogène eût répliqué, l'inspecteur arrangea les choses :

— Ce que nous disons n'est pas tellement important, sergent, écoutez donc Miss McCarthery.

Archibald poussa un soupir résigné :

— Bon, puisque vous le voulez. Qu'est-ce qu'il y a encore, Miss ?

— Je retire la plainte déposée ce matin.

— Non mais, dites donc, vous me prenez pour qui ?

— Si je vous l'avouais, McClostaugh, vous ne seriez sûrement pas content.

Le sergent prit Hastings à témoin :

— Elle est venue alors que j'étais à peine réveillé pour m'obliger, avec la complicité de Tyler, à enregistrer une plainte contre inconnu, sous prétexte qu'on avait barbouillé son mur... et maintenant, elle retire sa plainte ? Est-ce qu'il est permis de se moquer des gens à ce point-là ?

— J'ai obtenu réparation et j'ai promis au coupable de pardonner.

— Vous n'avez pas à vous substituer à la Justice ! La plainte suivra son cours. Une autre fois, vous réfléchirez avant de déranger la police !

— Je ne pense pas que vous ayez le droit d'agir ainsi, sergent...

— Eh bien, si je ne l'ai pas, je le prends !

— Prenez garde !... Cela peut vous attirer des désagréments. Si mon témoignage est demandé...

— Ça va !

Hors de lui, McClostaugh fouilla dans son dossier, prit quelques feuilles de papier qu'il déchira avec rage.

— Vous êtes contente, maintenant, Miss ? Et puisque tout le monde vous soutient quand il s'agit de m'embêter, revenez quand vous voudrez déposer une plainte que vous retirerez naturellement quand je l'aurai enregistrée !

— Il se peut, justement, que j'en dépose une très bientôt...

Le policier s'adressa à l'inspecteur :

— Vous voyez ?

Imperturbable, Imogène continuait :

— ... Contre un assez méprisable individu qui me traite avec une inqualifiable grossièreté et qui escroque le gouvernement en touchant un traitement que son incapacité reconnue de tous ne justifie pas !

McClostaugh, congestionné jusqu'aux cheveux, s'enquit avec un bégaiement :

— Et pourrait-on savoir le nom de... de ce personnage, s'il vous plaît ?

— A quoi bon ? Vous le connaissez bien puisqu'il vous ressemble comme un frère ! Au revoir gentlemen...

Archibald McClostaugh hurla :

— Miss McCarthery... !

Mais Imogène était déjà partie. Hastings la rattrapa au moment où elle montait dans l'auto de McRae.

— Puis-je vous demander où vous vous rendez, Miss ?

— Vous pouvez, inspecteur, mais je puis aussi ne pas vous répondre et c'est ce que je fais. En route, Hamish !

Au cimetière de Leeds, Imogène obtint du gardien les renseignements nécessaires pour trouver la tombe de la famille Syrett. Elle se dressait à une cinquantaine de mètres de la porte d'entrée. L'après-midi touchait à sa fin, Miss McCarthery et McRae étaient les seuls visiteurs. Sur la pierre, à la suite de plusieurs Syrett prénommés John, Charity, Amelia, Herbert, Rosamund, Peter, était gravé le nom de

David Syrett, né en 1924, mort dans sa trente-sixième année. Pouvait-on supposer qu'un imposteur occupât une place au sein de cette famille anglaise ? Le secret des meurtres de John Morton et d'Isla Duns gisait peut-être là, sous ce petit tumulus fleuri... Mais Imogène commençait à admettre que ce secret lui échapperait toujours. La douceur de la lumière, le silence ambiant, l'idée de tous ces morts dormant sous la terre qu'elle foulait la troublèrent au point que, sans se donner le temps de réfléchir, elle s'agenouilla, ce qui lui sauva probablement la vie ! En effet, la balle frappa la pierre tombale à peu près à la hauteur où se trouvait la tête d'Imogène quelques fractions de seconde plus tôt. D'abord, elle ne comprit pas et crut qu'on lui jetait un caillou. Se relevant, elle se retourna indignée, mais un second coup de feu éclata en même temps que le cri que poussait McRae :

— Couchez-vous !

Elle se jeta au sol, l'esprit en déroute, le cœur battant la chamade. Le nez dans l'herbe, elle réalisait enfin qu'on essayait de la tuer. Par discrétion, le journaliste qui s'était retiré un peu à l'écart tandis qu'elle méditait devant la tombe des Syrett, la rejoignit en rampant. Il ne semblait pas particulièrement rassuré :

— Dites donc, Miss, j'ai bien l'impression qu'on nous tire dessus ?

Ce pauvre Hamish paraissait vraiment affolé et au spectacle de ce désarroi, Imogène redevint elle-même.

— Cela prouve que nous sommes sur la bonne voie et que le meurtrier nous croit plus avancés que nous ne le sommes en réalité. Allez, venez !

— Vous êtes folle ? Il va nous descendre !

— Nous n'allons quand même pas rester là jusqu'à la nuit ? Et puis, de deux choses l'une : ou le tireur a filé et nous ne risquons rien ou il est encore là et nous avons une chance de l'identifier...

— Nous avons encore beaucoup plus de chances de partir pour l'éternité !

Profitant au maximum de l'abri précaire que pouvaient leur offrir les pierres tombales, ils avancèrent prudemment en direction de l'entrée du cimetière. L'assassin ne récidiva point. Lorsqu'ils parvinrent sur le trottoir, ils aperçurent à une centaine de mètres devant eux un homme qui montait dans un taxi. Imogène poussa une exclamation stupéfaite et, instinctivement, elle regarda son compagnon comme pour lui demander confirmation de ce qu'elle avait vu. L'expression du visage de McRae disait fort clairement que lui aussi avait reconnu l'inspecteur Dougal Hastings...

Réfugiés dans un salon de thé de Woodhouse Lane, Imogène et son journaliste se remettaient peu à peu de leurs émotions. Mais Miss McCarthery ne parvenait pas à avaler une bouchée.

— Hamish... Je n'arrive pas à admettre qu'Hastings ait essayé de nous tuer...

— Je suis moi-même abasourdi, Miss... Pourtant, nous l'avons vu...

— Mais enfin, comment savait-il que nous viendrions au cimetière de Leeds ?

— Je l'ignore... ce n'est qu'un mystère de plus dans une affaire qui semble en comporter pas mal ! Buvez votre thé et mangez un morceau de cake, Miss, vous en avez besoin.

Imogène obéit machinalement, puis reposant sa tasse :

— Bon, admettons qu'Hastings ait voulu me faire passer de vie à trépas... Pourquoi ? Je ne parviens pas à lui assigner une place dans cette histoire... et tant que nous n'aurons pas compris son rôle, cela ne nous servirait à rien de le dénoncer. On ne nous croirait pas !

— C'est probable.

— Je ne pense pas non plus qu'il faille lui laisser

entrevoir que nous le soupçonnons... Tant qu'il se persuadera qu'il nous abuse, nous serons un peu moins en danger... Vous avez eu l'adresse des parents de Syrett auprès du gardien du cimetière ?

— Oui, moyennant dix shillings... 233 Macauley Street.

— Allons-y, mais vous m'attendrez dans la rue, Hamish, car je tiens à voir ces pauvres gens seule... Une femme suscite plus facilement les confidences et puis, il faut que vous surveilliez nos arrières au cas où Hastings se montrerait encore...

Dans une maison fort laide et triste, les Syrett occupaient un modeste appartement. Ils reçurent Imogène sans trop savoir ce qui leur arrivait. Mrs Syrett se présentait comme une femme d'une soixantaine d'années, terne, grise et paraissant beaucoup plus que son âge. Son mari offrait l'apparence d'un vieillard. Retraité d'une manufacture lainière, il semblait vivre au ralenti. Dès que Miss McCarthery prononça le nom de leur fils, ils se mirent à pleurer. On comprenait que la mort de leur garçon était une plaie qui ne se refermerait jamais et qui, lentement, les tuait. Ce fut la mère qui parla :

— Notre David, il n'y avait pas meilleur... partout, on nous en faisait des compliments... Il travaillait beaucoup... Ah ! ce n'est pas lui qui aurait pensé à s'amuser ou à porter son argent au café !... Il voulait devenir quelqu'un... Son père l'avait fait entrer dans son usine, au bureau des dessinateurs et il y était bien apprécié... Il se serait sûrement élevé... et puis il a rencontré cette fille... Oh ! ce n'est pas qu'elle soit mauvaise, mais un caractère terrible... D'abord, elle a commencé par le séparer de nous... Il ne venait plus nous voir qu'en cachette. Une ambitieuse, quoi !... Toutes les économies de David ont été dépensées en un rien de temps... Ils avaient bien besoin d'acheter cette auto !... Et puis le cinéma, le dancing, les voyages... Mais, lui, il n'osait jamais protester... Il l'adorait et je crois qu'il en avait un peu peur...

— Peur ?

— Notre David était un faible, toujours d'accord avec tout le monde... Elle lui imposait ses volontés ! Si vous voulez mon avis, notre belle-fille n'était pas tout à fait civilisée... comme tous les gens de son pays, d'ailleurs.

— De son pays ?

— Elle arrivait d'Ecosse... de Perth...

Imogène tressaillit et seul le chagrin trop apparent de ses hôtes l'empêcha de répliquer vertement.

— Nous l'appelions Mary... mais son vrai prénom était Mairi... Mairi Atkinson... une orpheline.

— Mrs Syrett... je dois vous poser une question délicate : c'est bien le corps de votre fils qu'on a retrouvé dans la voiture carbonisée ?

— Hélas ! oui... Nous aussi, un temps, nous avons nourri l'espoir que ce ne serait pas lui... mais son dentiste l'a identifié, car il venait justement de lui poser un appareil avant son départ en vacances.

Imogène se trouvait une fois encore dans un cul-de-sac. Syrett enterré, Morton ne pouvait l'avoir rencontré dans les rues de Callander et, pourtant, l'Anglais avait bien parlé de lui, si on admettait que l'affaire prenait naissance à Maryport. Miss McCarthery envisagea l'hypothèse d'un autre drame dans l'existence de John Morton, un drame qu'elle ignorait et qui n'aurait rien à voir avec celui de Maryport.

— Savez-vous, Mrs Syrett, si votre fils possédait une police d'assurance ?

— Oui... une grosse police... trois mille livres... Les primes lui donnaient bien du souci ; pour les payer, il devait effectuer des travaux particuliers en dehors de l'usine. Mais sa femme avait exigé qu'il la mît à l'abri du besoin en cas de malheur... Dans un sens, elle a eu raison.

— Mrs Syrett, il y a encore quelque chose qui m'intrigue. Je me suis rendue à l'hôtel de Maryport où votre fils et sa femme étaient descendus avant leur accident. Vous me dites que David Syrett se montrait d'un caractère doux et qu'il n'osait guère élever la voix devant Mairi... Or, ceux qui se les rappellent ce soir-là soulignent que votre fils témoigna d'une humeur féroce et qu'il brutalisa sa femme au point qu'un des pensionnaires de l'hôtel dut prendre la défense de cette dernière ?

— En effet, on nous l'a appris et nous ne comprenons pas... C'est absolument incroyable... Une telle violence ressemblait si peu à David... ou alors il faudrait penser que Mairi l'avait mis hors de lui en commettant quelque chose de très grave...

Le lendemain, Miss McCarthery s'offrit une journée de vacances à Glasgow. McRae devant aller voir son rédacteur en chef, elle l'accompagna jusqu'à l'immeuble de l'*Evening News*. A une heure, il l'emmena déjeuner dans un petit restaurant fréquenté par les journalistes dont quelques-uns avaient entendu parler de l'Ecossaise. Quand elle sortit de l'établissement, elle se sentait un peu éméchée, mais contente des heures passées au milieu d'admirateurs dont elle ne mettait pas en doute la sincérité. Elle regrettait que ses détracteurs de Callander n'aient pas été là pour juger de la considération dont l'entouraient des gens dont l'intelligence s'affirmait sans mal supérieure à la leur et dans une ville d'une autre importance que Callander ! Le soir, Miss McCarthery voulut remettre ça et, finalement, il était plus de dix heures lorsque tous deux reprirent la route des Trossachs.

L'énervement de cette journée bien remplie donnait à Imogène un courage au-dessus de toutes les épreuves. Aussi, lorsque Hamish lui offrit de l'accompagner chez elle, son refus fut catégorique ; elle estimait avoir assez abusé de l'obligeance de son compagnon. De plus, elle avait son revolver dans son sac et dès que McRae l'eut quittée, elle prit l'arme à la main, prête à toute éventualité.

Soudain, alors qu'elle devinait déjà le faîte de son

toit sur la noirceur du ciel nocturne, elle surprit deux ombres qui avançaient prudemment. Exprès, elle fit du bruit et, aussitôt, les deux ombres disparurent en se jetant sur le bas-côté. Pas de doute, on la guettait ! Eh bien, ces deux-là allaient se rendre compte à qui ils avaient affaire. Les nombreux whiskys absorbés lui ôtaient toute notion de responsabilité et de prudence. Croyant discerner la tête d'un de ses éventuels agresseurs, elle visa soigneusement et tira. Il y eut un remue-ménage. Miss McCarthery rit tout haut, tant elle se sentait heureuse et, de nouveau, elle tira. Elle perçut des exclamations étouffées et se jeta derrière un arbre. Le cœur battant, emplie d'une merveilleuse exaltation, Imogène, se prenant pour une héroïne de western, vida son chargeur. Dans le camp adverse, on ne répliquait pas. N'ayant plus de munitions, Miss McCarthery passa aux imprécations :

— Tirez ! Lâches ! Qu'est-ce que vous attendez ?

En réponse à son défi, une exclamation jaillit, angoissée :

— Miss McCarthery !

Et elle reconnut la voix de Tyler. Le constable en compagnie du sergent effectuait une ronde. L'explication fut orageuse. Déçue et furieuse, Miss McCarthery ne cacha pas sa façon de penser aux deux policiers.

— Des imbéciles, voilà ce que vous êtes !

McClostaugh explosa :

— Par l'enfer, vous avez tiré sur des représentants de la loi ! Votre compte est bon !

— Allons donc ! Avouez plutôt que vous avez essayé de vous débarrasser de moi en m'attaquant en pleine nuit !

Tyler protesta :

— J'étais là, Miss...

Le sergent voulait absolument emmener l'Ecossaise en prison :

— Elle aurait pu nous tuer, Tyler ! Vous entendez ? Elle aurait pu nous tuer !

Sincère, Imogène s'écria :

— C'eût été un bon débarras !

— Ah ! vous le prenez comme ça ? Allez, suivez-nous !

— Non !

— Non ?

— Non, vous seriez capable de m'assassiner en prétextant que j'ai tenté de fuir !

— Tyler, je vous donne l'ordre de l'appréhender !

Miss McCarthery brandit son revolver :

— Si vous approchez, je tire !

Le constable hésita. Archibald s'emporta :

— Vous avez peur, Tyler ?

— Oui, chef.

— Tyler, vous ne faites plus partie de la police ; je vous révoque !

— Dans ce cas, sergent, arrêtez-la vous-même !

— Tyler, j'ai le regret de vous dire que par votre couardise, vous déshonorez l'uniforme de la police !

La situation s'affirmait sans issue, lorsque Mrs Elroy surgit de la nuit. Tout de suite, elle s'en prit au sergent :

— C'est encore vous, McClostaugh, qui menez tout ce tapage ? Vous n'avez pas honte ? Et vous, Tyler, à votre âge ? Miss Imogène, qu'est-ce qu'ils vous font encore ces deux sacripants ?

Archibald voulut le prendre de haut :

— Permettez, Mrs Elroy...

— Je ne permets rien du tout ! Vous devriez être couché à cette heure-ci au lieu de traîner par les chemins comme un polisson !

— Un polisson, moi ?

— Oui, vous !

— Mrs Elroy, je vous respecte infiniment, mais je crains que vous n'ayez pas une idée très claire des charges et devoirs qui incombent à un policier qui doit veiller à ce que rien ne trouble la tranquillité de son secteur...

— Et tirer des coups de revolver dans tous les

coins, pousser des cris, vous acharner après une malheureuse femme, vous appelez ça assurer la tranquillité ? Tenez, McClostaugh, vous n'êtes qu'un gamin et si vous n'étiez pas si grand, Dieu me pardonne, je crois bien que je vous donnerais le fouet !

Ahuri, McClostaugh répéta machinalement :

— Vous me donneriez le fouet...

— Et puis, ça suffit comme ça ! Il est l'heure de dormir ! Venez, Miss Imogène... Je vous ai préparé une tasse de thé bien chaud, en vous attendant...

Plantant là les deux policiers incapables de réagir, Mrs Elroy emmena sa protégée. Lorsqu'elles eurent refermé sur elles la porte du jardin dont la clochette tinta gaiement, Archibald prit le constable par le bras :

— Tyler, j'ai servi trente-deux ans la police de Sa Majesté, mais je veux bien être pendu si ce n'est pas la première fois qu'on me menace de me fouetter ! Tyler, suis-je devenu gâteux ou vos sacrés Ecossais des Highlands ont-il des idées particulières sur la police et ceux qui l'exercent ?

Sans trop réfléchir, le constable répondit :

— Les deux, je pense, sergent.

— Les deux ? C'est donc, Tyler, que vous me tenez pour ramolli, incapable de faire mon métier ? Oh ! il y a longtemps que je vous soupçonne de briguer ma place ! Un serpent, Tyler, voilà ce que vous êtes, un serpent !

— Je vous jure, sergent...

— Ça suffit ! Nous nous expliquerons au bureau !

Quand elle se retrouva dans son living-room, Imogène eut un moment de dépression. La fatigue, l'énervement conjuguaient leurs effets pour abattre sa vitalité. Elle se sentait lasse et seule. A Mrs Elroy qui lui apportait son thé, elle demanda :

— Et comment est-il votre petit-cousin Angus ?

— Tyler, prêtez attention à ce que je vous dis : jusqu'ici, je n'ai pas eu à me plaindre de vous, mais depuis que cette McCarthery est de retour, vous n'êtes plus le même... Pourquoi me regardez-vous avec ces yeux ronds ?

— Ce... ce n'est pas vous que... que je regarde, sergent.

— Pas moi ? Et qui alors ?

— Votre casque.

— Mon casque ? Qu'est-ce qu'il a mon casque ?

McClostaugh ôta son couvre-chef. Une balle l'avait percé de part en part. Le constable mit son doigt dans le point d'impact.

— Si seulement elle avait respiré ou qu'elle ait tremblé... c'était fini pour vous, sergent... Sergent ! Sergent !

Mais Archibald n'entendait plus. Bouleversé devant la preuve de ce qui avait failli lui arriver, il venait de s'évanouir et de glisser lentement sur le plancher où il demeurait allongé de tout son long. Face à cet incident imprévu, Tyler essaya de se rappeler ce qu'il avait appris, jadis, touchant les évanouissements sur la voie publique mais, trop ému, il ne parvint pas à rassembler ses idées et se précipitant vers l'armoire, il y dénicha la bouteille de vieux scotch dont il remplit un verre. S'agenouillant auprès de McClostaugh, il s'apprêtait à lui entonner cette médication lorsqu'il lui parut que, privé de sentiment, le sergent n'apprécierait pas la qualité de la marchandise et comme il ne pouvait, décemment, la remettre dans le flacon, il la but avec dévotion. Pour un bon whisky, c'était un bon whisky ! Mais, à ce moment, il sursauta en voyant l'œil flamboyant d'Archibald fixé sur lui. Conscient de sa faute, il baissa la tête et la voix ouatée du sergent lui parvint comme si elle lui arrivait d'un autre monde :

— Samuel... vous n'avez pas honte de voler un mort ?

IX

Ce matin-là en arrivant, Mrs Elroy — qui depuis quelques jours commençait à rentrer chez elle tous les soirs — trouva mauvaise mine à Imogène. Elle s'inquiéta, mais Miss McCarthery la rassura en lui affirmant qu'il ne s'agissait que d'insomnies répétées, dues à ce qu'elle ne pouvait s'empêcher de tourner et retourner dans sa tête le problème qu'elle ne parvenait pas à résoudre.

— Voyez-vous, Rosemary, ce qui me déroute le plus dans cette histoire, c'est le changement subit de caractère de David Syrett entre le moment où il quitte ses parents et celui où il arrive à Maryport... Ce garçon avait-il changé de façon étonnante durant le voyage entre Leeds et Maryport, ou ses parents, abusés par leur tendresse, me l'ont-ils décrit sous un jour qui n'était pas le sien ? Si j'en crois sa mère, David se révélait un être mou, veule, heureux d'obéir à une femme qu'il aimait et de se soumettre à tous ses caprices. Or, dans ces conditions, la scène faite à l'hôtel ne cadre pas avec le personnage... même s'il s'était aperçu que sa femme le trompait et qu'elle avait eu l'audace de donner rendez-vous à son ami, là où ils devaient descendre...

— J'ai toujours entendu dire que les moutons peuvent devenir enragés et qu'il n'y a rien de pire !

— Soit, mais alors, pourquoi Mrs Syrett, habituée à commander, se serait-elle inclinée sans la moindre protestation ? Car la directrice de l'hôtel est formelle : elle s'est soumise et semblait beaucoup plus un souffre-douleur qu'une virago ! Un moment, j'avais espéré que cette femme avait intoxiqué son mari au point de lui faire commettre un meurtre...

— Un meurtre ?

— Oui. Un autre que Syrett aurait été trouvé dans la voiture carbonisée et les deux époux pouvaient ainsi jouir ensemble des trois mille livres de l'assurance frauduleusement touchée. John Morton aurait alors revu dans Callander David Syrett qu'il croyait mort ! Malheureusement, ça ne tient pas. C'est indiscutablement David Syrett dont on a enterré la dépouille... et, de plus, Mrs Syrett a été ramassée avec une fracture de la jambe... Dommage !

— Moi, je ne comprends pas pourquoi vous vous mettez martel en tête... Laissez donc faire Mr Hastings ?

Imogène eut un rire bref :

— Hastings ?... Mais ne voyez-vous pas que c'est sur lui que pèsent les plus solides soupçons ? Pour quelles raisons ne veut-il pas reconnaître qu'il était à Maryport, sinon parce qu'il est mêlé à accident ? De quelle façon ? Je n'en sais rien... De quelque côté que je me tourne, je me heurte à un mur et, pourtant, je ne me résigne pas à accepter mon échec.

Changeant de ton, elle se leva, brusquement décidée :

— Il faut que j'aie une conversation avec la jeune veuve. Si elle ne m'apporte rien, alors j'abandonnerai... Je pars à la recherche d'Hamish pour lui demander de m'accompagner à Perth.

Mrs Elroy balayait mélancoliquement tout en se demandant si son petit-cousin Angus serait heureux avec Imogène. C'était un bon gros, placide, qui se laisserait sans doute mener par le bout du nez, mais qui prenait, parfois, de violentes colères et la femme de ménage n'évoquait pas sans un frisson la perspective d'un heurt entre Angus et Miss McCarthery. La brave Rosemary Elroy s'absorbait tellement dans ses pensées qu'elle n'entendit pas résonner la clochette du jardin et qu'elle eut un sursaut de frayeur lorsque l'inspecteur Hastings se présenta devant elle. Se rappelant ce qu'Imogène venait de lui dire du policier, elle crispa ses doigts sur le manche de son balai, prête à se battre vaillamment, en bonne Ecossaise, si l'autre manifestait de mauvaises intentions à son égard.

— Bonjour, Mrs Elroy. Pourrais-je voir Miss McCarthery ?

— Elle est partie.

— Partie ?

— Oui, et il y a des chances qu'elle ne rentre pas de la journée.

— Savez-vous où elle est allée ?

— Je ne crois pas qu'elle serait contente que je vous l'apprenne.

— Je suis inspecteur de police, Mrs Elroy.

— Et alors ? Vous seriez le prince Philippe que vous ne me feriez pas parler si je n'en ai pas envie !

— Tant pis... En tout cas, Mrs Elroy, s'il arrive quelque chose de grave à Miss McCarthery, vous n'aurez qu'à vous en prendre à vous-même.

— Quelque chose de grave ?

— Elle s'est fourrée tête baissée dans une histoire dangereuse.

— Je ne cesse de le lui répéter ! Mais quand elle a quelque chose dans la tête, celle-là !

— Son entêtement risque de la mener au-devant de graves... de très graves ennuis.

— Vous croyez ?

— J'en suis sûr, Mrs Elroy.

La vieille femme hésita.

— Pourtant, elle jure que les ennuis ne peuvent venir que de vous ?

— De moi ?

— Miss McCarthery semble penser que vous ne

seriez pas étranger au meurtre de ce pauvre Anglais ?

— Je sais... Le coup de téléphone de Miss Duns que vous m'avez rapporté ?

— Oui... et d'autres choses encore, depuis... Ah ! mais, prenez-y garde, tout inspecteur de police que vous êtes, si vous lui faites du mal, je me chargerai de vous !

Brandissant son balai, Mrs Elroy avait quelque chose de bien plus attendrissant que de ridicule.

Lorsqu'ils eurent arrêté leur voiture au bas de la demeure de Mrs Syrett, dans Curfew Street, à Perth, Imogène voulut de nouveau aller seule interviewer la jeune veuve, mais, cette fois, McRae protesta :

— Ah non ! Miss McCarthery ! Pas à tous les coups... D'ailleurs, puisque cette Mrs Syrett est jeune, elle préférera s'adresser plutôt à un homme qu'à une femme... C'est moi qui l'interrogerai !

— Hamish, je vous soupçonne de très vilaines pensées...

— Vous avez tort, Miss.

— En tout cas, ne comptez pas que je vous laisserai aller jouer le joli cœur et, si cela se trouve, vous faire embobiner !

— Eh bien, venez avec moi ?

— Si vous croyez que j'ai besoin de votre permission !

Mrs Syrett était chez elle et accueillit cet étrange couple sans dissimuler son étonnement. Imogène l'examina d'un œil critique et dut convenir que la petite veuve se révélait jolie, bien faite et, vraisemblablement, douée de caractère. Elle comprenait l'incompatibilité d'humeur immédiate entre les parents du mort et cette bru qui, tout de suite, dut ruer dans les brancards. En quelques mots — après s'être présentée et avoir annoncé qui était McRae — Miss McCarthery conta la mort de John Morton, celle d'Isla Duns et sa conviction que ces meurtres devaient être en rapport avec l'accident de feu David Syrett à Maryport. Mrs Syrett parut en tomber des nues. Elle ne se souvenait ni du maître d'hôtel, ni de la servante, ayant eu trop honte ce soir-là pour prêter attention aux gens. Elle refit le récit de sa querelle avec son époux et de l'accident qui suivit. De ce dernier, elle ne se rappelait que le moment où la voiture, quittant la route, la portière s'était ouverte et une force énorme l'avait pour ainsi dire happée. Elle n'avait repris connaissance qu'à l'hôpital de Perth.

— Mrs Syrett, excusez mon indiscrétion, mais votre mari avait souscrit une grosse assurance sur la vie ?

— Oui, trois mille livres... Il craignait, bien que nous n'ayons que sept ans d'écart, de me laisser dépourvue s'il mourait avant moi. Personnellement, je me suis opposée à cet engagement, car les primes se révélaient très lourdes pour notre budget fort modique. David ne semblait pas doué pour gagner de l'argent un jour ou l'autre.

— Vous voilà donc à l'aise, maintenant ?

— Oui, mais j'aurais préféré que David restât auprès de moi.

Imogène n'eut pas l'impression qu'elle mentait.

— Mrs Syrett, pour être franche, il y a quelque chose qui me chiffonne... Votre belle-mère m'a dépeint votre mari comme un homme de caractère assez mou et se pliant facilement à vos volontés...

— C'est vrai. Peut-être pas autant que le prétend sa mère, mais c'est vrai tout de même.

— Alors, comment est-il possible qu'à Maryport il se soit montré sous un jour aussi violent ?

— Je l'ignore. J'en ai été la première surprise, si surprise que je n'ai pas réagi...

Cette fois, Imogène eut le sentiment que son interlocutrice ne se montrait pas très franche, mais elle ne voyait pas comment l'obliger à le reconnaître. McRae reprit l'interrogatoire à son compte.

— Pardonnez-moi, Mrs Syrett, mais... les raisons

de la colère de votre mari ne tenaient-elles pas à ce qu'il avait appris que... enfin, qu'il n'était pas seul dans votre vie ?

La veuve se dressa, indignée :

— Sortez ! Je ne vous ai pas reçu chez moi pour que vous m'insultiez !

Imogène s'avouait fort ennuyée, mais, imperturbable, le journaliste continuait :

— Vous avez tort, Mrs Syrett, de vous mettre en colère. Ce n'est pas une curiosité déplacée qui nous fait agir... et puis, la police sera vite au courant de l'existence de cet homme, si, toutefois, il existe...

La jeune femme eut un rire de triomphe :

— La police ? Ça m'étonnerait !

— Peut-être parce que ce gentleman appartient lui-même à la police ?

Prise au dépourvu, Mrs Syrett nia maladroitement, si maladroitement que sa dénégation était presque un aveu. Les visiteurs se retirèrent, Imogène légèrement ulcérée de constater que son compagnon avait mieux mené sa barque qu'elle-même.

De nouveau installés dans la voiture, ils s'apprêtaient à reprendre la route de Callander. Déjà, McRae embrayait lorsque Imogène posa rapidement sa main sur le bras d'Hamish :

— Regardez !

Suspendant sa manœuvre, le journaliste se retourna : l'inspecteur Hastings remontait Curfew Street à pas lents. McRae poussa une exclamation étouffée, puis interrogea sa compagne :

— Croyez-vous qu'il soupçonne notre présence ?

— Je ne le pense pas, sans cela il prendrait un peu plus de précautions... Il a l'allure de l'homme qui rentre tranquillement chez lui.

Comme pour confirmer ces paroles, le policier pénétra dans la maison où habitait Mrs Syrett.

— Et maintenant, Hamish, toujours aussi sceptique ?

— Vous aviez raison, Miss... Mais c'est tellement formidable... Vous imaginez ce qu'il risque ?

— Il doit se figurer à l'abri de tout soupçon...

— Gare à nous, s'il se doute que nous savons !

— Hé ! Hé ! Mr McRae, auriez-vous peur ?

— Une satanée frousse, Miss, si vous tenez à le savoir. Nous ne pouvons pratiquement rien prouver et il peut nous abattre quand il lui plaira s'il se méfie... et mettre nos disparitions sur le compte du mystérieux assassin.

— Alors, qu'est-ce qu'on fait ?

— Si nous étions prudents, nous tâcherions d'oublier toute cette histoire. Vous finiriez tranquillement vos vacances à Callander et moi, je regagnerais Glasgow...

— Jamais ! J'ai ma réputation à défendre !

— Vous y tenez plus qu'à votre vie ?

— Je crois, oui.

— Moi pas. Aussi, vous voudrez bien m'excuser, Miss, mais j'abandonne. Je vous ramène à Callander et je rentre chez moi.

— Votre attitude est assez mesquine, McRae.

— Je sais, Miss McCarthery, mais je préfère être méprisé et vivant qu'honoré et au cimetière...

Ils n'échangèrent plus un mot jusqu'au terme de leur randonnée et ils se séparèrent sans espoir de se revoir, sans même en manifester le platonique espoir.

Maintenant qu'elle se retrouvait seule pour mener le combat que l'honneur des McCarthery lui défendait d'abandonner, Imogène ne se sentait pas tout à fait dans son assiette. D'abord, s'interdisant de sortir de chez elle, elle s'attendait à chaque instant à recevoir la visite de l'inspecteur Hastings. Comment réagirait-elle ? Aurait-elle assez d'empire sur elle-même pour montrer bonne figure à l'homme qui avait tenté de la tuer ? Puis, comme le policier ne donnait pas signe de vie, elle s'inquiéta d'une absence insolite en un pareil moment. Aurait-il pris peur en devinant qu'elle l'avait percé à jour ? S'était-il enfui ? La curiosité l'emportant sur la prudence, Miss McCarthery aspirait maintenant à cette confrontation qui l'effrayait la veille. Elle téléphona à plusieurs reprises au poste de police pour solliciter des nouvelles d'Hastings mais, à chaque fois, tombant sur McClostaugh, elle s'entendit envoyer promener dans les formes les plus brutales. Enfin, elle eut la chance d'avoir Tyler qui lui apprit que depuis trois jours, l'inspecteur n'avait point reparu à Callander. Pour l'Ecossaise, il ne faisait plus de doute qu'ayant appris la menace qu'Imogène représentait pour lui, Hastings s'était sauvé, avouant sa défaite. Mais une victoire que les autres ignorent n'est pas une vraie victoire ! Pourtant Miss McCarthery ne pouvait dénoncer le policier, car elle eût été incapable de démontrer sa culpabilité de façon irréfutable.

Tourmentée, irrésolue, Imogène ne savait pas de quelle façon agir. Une seule chose demeurait certaine : il lui fallait venger John Morton et Isla Duns ! Mais comment ? Un instant, elle pensa à dénoncer Hastings à ses supérieurs de l'Amirauté qui seraient sûrement enchantés de lui donner un coup de main, ne fût-ce que par reconnaissance. Cependant, il était à prévoir qu'ils ne bougeraient pas tant qu'elle ne les aurait pas convaincus de la culpabilité de Dougal Hastings. Ces gentlemen de l'Amirauté n'admettraient pas qu'un homme puisse tuer uniquement pour cacher qu'il est le chevalier servant d'une jeune veuve, alors qu'il est lui-même célibataire ?

Et, inlassablement, elle se répétait : « Pourquoi a-t-on tué Morton et Isla Duns ? Qui le vieil Anglais avait-il vu à Callander puisque Syrett était bien mort ? Pour quelles raisons Hastings refusait-il de reconnaître qu'il se trouvait à Maryport lors de L'accident ? Par quel hasard était-il devenu l'ami de Mrs Syrett ? Enfin, pourquoi avait-il tenté de la tuer, elle, Imogène ? »

Pour essayer de retrouver un optimisme qui la fuyait, Imogène, sitôt son lunch absorbé, s'en fut en promenade. Très vite fatiguée — ce qui, chez elle, était exceptionnel et témoignait bien d'un désarroi complet du corps et de l'esprit — elle s'assit à même le sol, à l'orée d'un petit bois dominant un vallon. Sans trop savoir pourquoi, elle ne tenait pas à être vue et se dissimula derrière une touffe épaisse de genévriers. Dieu permettrait-il que le meurtrier de John Morton et d'Isla Duns échappât à la justice des hommes ? Le dépit, tout autant que la colère grondaient en son cœur. Elle envisagea même d'affronter Hastings en combat singulier. Le temps coulait sans qu'elle y prît garde lorsqu'à travers le choc sourd de son sang enfiévré, elle perçut l'écho d'une conversation dont les mots ne lui parvenaient pas. Avec précaution, elle écarta les branches et vit un couple de jeunes gens se diriger vers elle.

Avant d'avoir eu le temps de décider si elle devait ou non se montrer, le garçon et la jeune fille — en qui elle reconnut Ewen Laughland, le fils du boucher, et Flora Stevenson, qui travaillait chez Mrs Bruce, la couturière — se laissèrent tomber, à leur tour, sur l'herbe, à quelques pas d'elle-même. Elle pensa bien à se lever pour signaler sa présence, mais elle rougit à l'idée de ce qu'Ewen et Flora pourraient croire en la voyant surgir devant eux. Force lui fut donc d'écouter. Ainsi, pour la première fois, Imogène entendit un duo d'amour joué au naturel et en fut remuée jusqu'à l'âme. Pourtant, cela n'offrait rien de bien original. Toutefois, ses yeux se remplirent de larmes lorsque le garçon jura à sa compagne qu'il l'aimerait toute sa vie et qu'ils feraient leur chemin ensemble, jusqu'au bout.

Miss McCarthery rêva à Skinner qui, lui aussi, lui avait proposé de l'accompagner à travers l'existence... Cher, cher Douglas... L'émotion de ses jeunes voisins l'obligea à prendre une cruelle conscience de sa solitude qui ne finirait jamais. Avec un homme à ses côtés, elle aurait vite réduit Hastings à merci ! Ce petit McRae ne comptait pas, un lâche !

Quel que pût être son embarras, l'Ecossaise faillit se montrer lorsque Ewen prit Flora dans ses bras et commença à l'embrasser passionnément. Angoissée, elle se demandait où allait s'arrêter ce jeu dangereux, bien décidée à intervenir si la jeune fille laissait son « boy friend » prendre de trop grandes libertés. Heureusement, Miss Stevenson gardait la tête froide et lorsque son compagnon se montra sur le point de dépasser les limites permises, elle se releva en proposant de continuer la promenade. Contente, Imogène décida qu'elle irait commander une jupe à Mrs Bruce et qu'elle demanderait à Flora de la lui couper.

En regagnant sa demeure où Mrs Elroy devait préparer le thé, Miss McCarthery ne pensait plus tellement aux morts qu'elle tenait à honneur de venger. Amollie, elle se perdait dans des songes qui la voyaient passer dans les rues de Callander au bras d'un époux qui ressemblerait tout à la fois à Robert Bruce et à Douglas Skinner.

Dès que Miss McCarthery eut poussé la porte du jardin, Mrs Elroy se précipita :

— Oh ! Miss Imogène, Angus vient de me téléphoner ! Il est à Callander, au *Fier Highlander !*

— Et alors ?

— Il s'est rendu à la maison et n'a trouvé personne, bien sûr... Je me suis permis — à moins que vous n'y voyiez un inconvénient — de l'inviter à venir ici...

Imogène ne put s'empêcher de rire.

— Ma bonne Rosemary, quand vous avez une idée en tête, vous n'en démordez pas facilement, n'est-ce pas ?

— Vous n'êtes pas fâchée ?

— Pourquoi voudriez-vous que je sois fâchée ? Que votre petit-cousin vienne prendre le thé avec nous.

— Oh ! merci, Miss...

Au fond, Miss McCarthery n'était pas mécontente de cette visite qui arrivait bien à point après la scène à laquelle elle avait involontairement assistée sur la colline. Jamais comme en ce moment elle ne serait mieux disposée pour entendre un homme lui faire la cour. Qui sait ? Peut-être les rêves lui tenant compagnie sur le chemin du retour se matérialiseraient-ils ? Si cet Angus n'était pas vilain homme et qu'il ait des rentes solides ou des biens au soleil... Il lui parut réentendre la voix passionnée d'Ewen Laughland. Angus s'exprimerait-il de cette façon ? A la surprise heureuse de Mrs Elroy, elle aida cette dernière à préparer tout un assortiment de buns, scones et muffins.

— Un homme a toujours bon appétit, Rosemary, surtout un Ecossais, et plus encore s'il vient du Nord.

Vers quatre heures et demie, elle monta dans sa chambre revêtir sa plus belle robe, puis redescendit dans le living-room où elle s'assit en s'imaginant prendre la pose d'une châtelaine médiévale attendant la venue de quelque menestrel.

A cinq heures précises, le petit-cousin de Mrs Elroy secoua la clochette du jardin. Le cœur d'Imogène battit un peu plus vite, bien qu'elle s'efforçât de n'en rien laisser paraître. Affolée, la femme de charge annonça :

— C'est lui ! Qu'est-ce qu'on fait ?

— En voilà une question ! Allez lui ouvrir !

Mrs Elroy ôta rapidement son tablier et se précipita. Quelques secondes plus tard, elle réapparaissait en compagnie d'Angus McDonald. Emue, elle jouait inconsciemment le rôle de la mère dont un prétendant vient voir la fille.

— Miss McCarthery, je vous présente mon petit-cousin Angus dont je vous ai si souvent parlé.

Inclinant la tête dans un mouvement d'une noblesse fort étudiée, Imogène demanda :

— Comment allez-vous, Mr McDonald ?

Et d'une belle voix grave, il répondit :

— Comment allez-vous, Miss McCarthery ?

On prit place autour de la table abondamment pourvue et Imogène crut de son devoir de servir elle-même le thé. Tout en mangeant, buvant et échangeant des propos sans le moindre intérêt, ils s'observaient à la dérobée. Angus trouvait Imogène imposante. Sûrement une maîtresse femme. Ce n'était pas pour lui déplaire. A son âge, on préfère le solide au clinquant. De son côté, Miss McCarthery s'avouait assez favorablement impressionnée devant cet homme aux épaules larges, aux mains ombrées d'un duvet roux, à l'embonpoint révélant une aisance réconfortante. Sous prétexte de faire la vaisselle Mrs Elroy les laissa en tête à tête. Alors, ils ne surent plus que dire. Ils se regardaient, embarrassés, avec de petits rires niais lorsque Miss McCarthery mit son visiteur sur le sujet des moutons, un chapitre sur lequel Angus, qui avait passé toute sa vie parmi ces bêtes, se montrait intarissable. Au bout d'un quart d'heure, elle n'ignorait plus rien des heurs et des malheurs de la race ovine. Lorsque à bout de souffle, McDonald s'arrêta, son hôtesse montrait la mine intéressée de quelqu'un que vos discours passionnent. Il en fut flatté et la jugea vraiment très sympathique. A son tour, Imogène parla de son existence quotidienne qu'elle allait devoir abandonner, avec une bonne pension, tint-elle à préciser. Ce à quoi Angus répliqua que, de son côté, ses biens vendus ou affermés lui rapportaient de confortables revenus. Ils se montraient de plus en plus enchantés l'un de l'autre.

— Comme vous le savez sans doute, Miss, j'ai été marié... Une bonne femme que ma Katriona, on ne peut pas dire, mais il va y avoir cinq ans qu'elle a rejoint le Seigneur et, pour tout vous avouer, la solitude me pèse...

— Je vous comprends, monsieur McDonald ; moi-même, parfois, je me sens bien seule...

L'oreille collée à la porte de la cuisine, Mrs Elroy jubilait.

— Franchement, Miss, si vous me permettez de vous donner mon avis, je ne comprends pas qu'une femme comme vous ne se soit pas mariée.

— J'ai été fiancée... mais mon fiancé est mort en service commandé.

— Oh ! je suis désolé.

— Je vous en prie... Et comment trouvez-vous notre Callander ?

— Je connaissais déjà votre petite ville, mais je m'y suis promené de nouveau avec plaisir... Je suis allé sur la route des Trossachs et j'ai pris un verre dans un hôtel...

— *Le Cygne Noir ?*

— Ah ! je vois que vous connaissez...

— Je ne risque pas de l'oublier. C'est là que j'ai tué mon premier homme.

Angus resta la bouche ouverte, la contemplant avec des yeux effarés. Il balbutia :

— Pardon ?

Désireuse de montrer à Angus qu'elle n'était pas la première venue, Imogène se lança dans les explications.

— Il y a trois ans, lorsque je travaillais pour l'Intelligence Service...

Et avec ça, un air de trouver la chose si naturelle qu'il ne savait plus s'il était en présence d'une héroïne, laissant bien loin derrière elle toutes les femmes qu'il avait eu l'occasion de rencontrer au cours de son existence campagnarde, ou d'une folle !

— Si je comprends bien, Miss, vous êtes quelqu'un de redoutable ?

Imogène eut un rire charmant et, les yeux baissés, tentant vainement de gonfler une poitrine depuis trop longtemps décidée à une humilité définitive, elle roucoula :

— N'en croyez rien, Mr McDonald... Je suis une tendre sous une écorce peut-être un peu rude...

Le visiteur protesta. Il jugeait, assura-t-il, Miss McCarthery charmante et estimait qu'elle ressemblait à une véritable lady. Dans cette constatation nettement exagérée, Imogène se plut à deviner les premières flammes d'un amour naissant. Elle songea qu'un brin de jalousie ne ferait peut-être pas mal dans l'affaire et, oubliant que les hommes lui ayant fait la cour, jadis, n'avaient agi de cette façon que pour la duper — sauf l'inspecteur Skinner, bien sûr — elle glissa, avec une mine de chatte gourmande, aux confidences :

— Mon métier, que j'ai beaucoup aimé, Mr McDonald, a terriblement exigé de moi.

Le ton qu'elle prit frappa Angus qui se mit à éprouver du respect pour cette grande fille qui devait être toute autre qu'elle semblait à première vue. Il voulut exprimer ce qu'il ressentait, mais Imogène ne lui en laissa pas le loisir et annonça avec une conviction fleurant bon l'héroïsme :

— On ne saurait, tout ensemble, se consacrer à la défense de la Couronne et au bonheur d'un homme !

Du coup, Angus McDonald se persuada qu'au cas où il épouserait Miss McCarthery, il risquait d'être anobli et, plein d'imagination — ainsi que tous les autochtones des hautes terres — il se vit déjà chassant la grouse à Balmoral en compagnie du duc d'Edimbourg qu'il ne tardait pas à appeler Philippe.

— Ce n'est pas — et vous vous en doutez bien, cher Mr McDonald — que je n'aie pas été sollicitée.

Par toute son attitude, Angus fit comprendre qu'en se montrant empressés auprès d'elle, les hommes du Royaume-Uni n'avaient fait que montrer du goût. Badine, elle enchaînait tout en servant une nouvelle tasse de thé :

— Tenez... je me souviens de ce malheureux

Andrew Lyndsay [1] qui me serrait de si près sur les bords du loch Vennachar...

McDonald, qui portait la tasse de thé à ses lèvres, suspendit son geste.

— Pourquoi, malheureux ?

— Parce que j'ai dû m'en débarrasser d'une façon plutôt brutale.

— Vraiment ? Et comment cela, je vous prie, si je ne suis pas indiscret, cependant ?

— En lui fendant le crâne avec une grosse pierre.

Angus lâcha la tasse et la soucoupe, tant l'émotion le paralysait. Il balbutia :

— En... en... lui...

— Oh ! Mr McDonald, votre thé !

Le visiteur prit alors seulement conscience que le liquide chaud lui brûlait les cuisses à travers son pantalon. Sa bonne éducation prit le pas sur son affolement :

— Je suis navré, Miss...

— Mais non, mais non... Tenez, essuyez-vous avec cette serviette.

Et pendant que le brave homme s'épongeait, Imogène ramassait la tasse et la soucoupe dont le tapis avait amorti le choc :

— Voyez, Mr McDonald, pas de casse !

— C'est... C'est votre récit, Miss, qui... qui m'a surpris à un point que... que...

Enivrée de sa propre gloire, Imogène ne se rendait absolument pas compte de l'état d'esprit de son hôte. Elle poursuivit :

— Je ne suis pas toujours aussi définitive... Avec Gowan Ross [2], par exemple...

— Un autre amoureux ?

— Mon Dieu, oui ! Sous prétexte d'un pique-nique, il m'avait entraînée dans les Trossachs et là...

1. *Ne vous fâchez pas, Imogène !*
2. *Ne vous fâchez pas, Imogène !*

Parvenue à ce point de son récit, Imogène baissa pudiquement les yeux.

— ... Il a voulu me violenter !

Raide d'étonnement, McDonald se demandait quel avait bien pu être ce type qui s'était mis dans la tête un pareil projet ?

— J'ai eu tôt fait de l'assommer et de le ramener, pieds et poings liés, au bureau de police !

Angus commençait à regretter ses moutons.

— En vérité, ces hommes m'étaient indifférents, Mr McDonald, et c'est la raison pour laquelle je n'ai éprouvé aucun regret de les traiter comme ils le méritaient..

McDonald estima que Miss McCarthery avait l'indifférence plutôt agressive. Perdue dans un passé qu'elle réinventait sans en prendre bien conscience, Imogène reprenait le fil de ses souvenirs modifiés :

— Un seul m'a sérieusement attirée... Allan Cuningham [1]... Il était très beau, encore jeune... Il m'avait fait des promesses sérieuses en m'avouant sa tendresse et puis, il a eu peur, cet imbécile... Il a fui pour échapper à ses engagements...

En lui-même, Angus, qui aurait bien voulu trouver un prétexte décent pour s'en aller, approuva vigoureusement ce Cuningham.

— Mais je ne suis pas de celles dont on peut se jouer, Mr McDonald !

— J'en... j'en suis persuadé, Miss...

— Aussi ai-je rejoint Allan à Edimbourg, dans une boîte de nuit dont il était le directeur sans que je le sache.

— Et... alors ?

— Au lieu de se repentir, de s'excuser, il a voulu me faire jeter à la porte ! Pour ne rien vous cacher, Mr McDonald, autant la mort des autres m'avait laissée impassible, autant j'ai eu du chagrin de me

1. *Ne vous fâchez pas, Imogène !*

voir dans l'obligation d'abattre Allan d'un coup de revolver...

Angus se dressa d'un élan, mais ses jambes flageolantes refusaient de le porter jusqu'à la porte. Imogène le considéra, surprise :

— Qu'avez-vous ?

— Et... personne ne vous a empêchée de commettre ce... ce meutre ?

— Si, son garde du corps... que j'ai dû forcément commencer par tuer !

Oubliant son chapeau, Angus McDonald exécuta une sorte de prodigieux bond de kangourou qui l'amena jusqu'à la porte. Il l'ouvrit, négligea de la refermer, traversa le jardin à une vitesse incroyable pour un homme de son âge et il galopait déjà sur le chemin de Callander qu'Imogène n'était pas encore revenue de son ébahissement.

Ce soir-là, Mrs Elroy quitta Miss McCarthery tôt et de fort méchante humeur. Elle lui en voulait de la fuite de son petit-cousin et n'avait cessé, depuis, de lui demander :

— Mais, enfin, qu'est-ce qu'il lui a pris ? Que lui avez-vous fait ?

Imogène, à chaque fois — et sur un ton de plus en plus irrité — répondait qu'elle n'en savait rien et qu'au fond, il ne fallait pas se montrer tellement surpris des manières d'un homme n'ayant jamais vécu qu'avec des moutons. Mrs Elroy prit assez mal cette réflexion où il lui parut discerner un blâme à l'adresse de sa famille. Pour ne point envenimer les choses, elle avait sagement décidé de se retirer de meilleure heure, espérant contre toute espérance raisonnable qu'elle retrouverait son petit-cousin chez elle.

Demeurée seule, Imogène commença par s'emporter contre sa vieille amie, puis contre ce rustre de McDonald, puis, comme personne n'était là pour se repaître de sa défaite, elle finit par s'avouer que tout était de sa faute, que ses histoires avaient affolé le visiteur. Décidément, elle manquait de chance avec ses soupirants ! La perspective de rester définitivement seule l'emplit d'une amertume qui l'amena au bord des larmes. Mais quelle idée saugrenue avait-elle eue de masquer à ce pauvre Angus les véritables identités de ses soi-disant amoureux ? Ne prisant guère le repentir, il fallait qu'elle fût bien abattue pour s'y livrer avec autant d'acharnement. Dégoûtée d'elle-même et des autres, elle décida de ne point dîner. Angus était vraiment un homme bien sympathique. Dommage...

Vers huit heures du soir, Imogène buvait son whisky vespéral en s'efforçant de lire un roman sur lequel elle ne parvenait pas à fixer son attention lorsque le téléphone sonna. Elle se leva en hâte, s'imaginant que McDonald téléphonait pour s'excuser. Elle s'efforça aux inflexions les plus aimables.

— Allô !

— Miss Mc Carthery ?

— Elle-même.

— Ici Dougal Hastings.

Imogène eut toutes les peines du monde à réprimer l'exclamation qui lui montait aux lèvres.

— Allô ! Vous m'entendez, Miss McCarthery ?

— Je vous entends parfaitement, inspecteur... Je ne vous savais pas à Callander ?

— Je vous téléphone de Glasgow... Vous êtes seule ?

— Oui.

— Vous n'attendez personne ?

— Non... pourquoi ?

— Parce que, si vous le voulez bien, je vais aller vous voir.

— Maintenant ?

— Disons vers dix heures ? Miss McCarthery, je crois que le problème de la mort de John Morton et d'Isla Duns est résolu.

— Vraiment ?

— Vous ne doutiez pas qu'il le serait, n'est-ce pas ?

— C'est-à-dire...

— Inutile de m'en conter, Miss, j'ai deviné depuis longtemps que vous connaissiez le meurtrier.

La main d'Imogène se crispa sur l'appareil. Mrs Syrett ayant mis son amant au courant de sa démarche, Hastings devait fuir ou éliminer celle qui l'avait deviné !

— Vous ne répondez pas ?

— Que voulez-vous que je vous dise ?

— Je tiens à vous rencontrer seule, car j'ai quelque chose à vous proposer.

Sans réfléchir, elle lança :

— Un marché ?

— Admettons...

Elle ne pouvait pas refuser de le recevoir, car il aurait compris qu'elle savait...

— Eh bien, je vous attends...

— Merci... A tout à l'heure donc, mais seule, n'est-ce pas ?

— Je serai seule, inspecteur.

A peine eut-elle entendu Hastings raccrocher qu'elle appela l'*Evening News*, à Glasgow, où elle eut toutes les peines du monde à obtenir qu'on prévienne Hamish McRae qu'elle souhaitait lui parler. Le journaliste ne témoigna pas de beaucoup d'amabilité.

— Miss McCarthery ? Je suis très occupé et...

— Hamish, écoutez-moi, c'est grave !... Hastings m'a téléphoné. Il connaît le meurtrier de John Morton et d'Isla Duns !

— Je ne comprends pas ?

— C'est pourtant clair ! Il sait que j'ai deviné qu'il était le coupable et il vient chez moi, Hamish ! Il sera là à dix heures... pour me proposer un marché, à ce qu'il prétend. Vraisemblablement ma vie contre mon silence. Hamish, vous ne pouvez pas m'abandonner en un pareil moment ?

Contrairement à son attente, le journaliste réagit favorablement :

— D'accord ! Je pars immédiatement et je serai chez vous avant lui. Je laisserai ma voiture à Callander pour qu'il ne la voie pas devant votre porte. Guettez mon arrivée dans votre jardin pour m'éviter de sonner...

L'heure qui suivit, Imogène la vécut sur des charbons ardents. Il lui semblait que les minutes se traînaient. A dix heures moins le quart, elle se posta à l'entrée du jardin, l'oreille tendue. Au bout d'un instant, elle crut percevoir le bruit étouffé d'un pas. Bientôt, elle distingua une silhouette d'homme. Elle le laissa approcher pour s'enquérir dans un souffle :

— Hamish ?

— Oui, c'est moi, Miss.

Elle ouvrit la porte en tenant la clochette d'une main pour qu'elle ne tintât pas. Lorsqu'ils se trouvèrent dans le living-room, elle lui demanda :

— Qu'est-ce qu'on va faire ?

Le journaliste sortit un revolver de sa poche :

— S'il se montre méchant, j'ai de quoi le calmer !

Ils s'installèrent face à l'entrée, dans des fauteuils, Miss McCarthery tenant à la main la canne dont feu le capitaine se servait dans ses promenades matinales. Vers dix heures, on entendit remuer faiblement la clochette du jardin. Tous deux se crispèrent et le journaliste chuchota :

— Attention ! Il est entré... Il s'imagine vous surprendre...

Epiant le moindre frôlement derrière la porte, ils ne prêtèrent pas attention au léger courant d'air provenant de la fenêtre qui s'ouvrait dans leur dos et par où Dougal Hastings, avec une souplesse inattendue chez un homme de cette corpulence, se glissait dans la pièce et s'avançait à pas feutrés derrière ceux qui guettaient sa venue.

Pourtant, alertée par son subconscient, Miss McCarthery détourna légèrement la tête et elle vit le policier. Elle se dressa en poussant un cri. McRae fit de même et leva son revolver, mais avant qu'il ait pu tirer, Imogène abattait la canne sur le crâne de l'inspecteur qui, ayant omis de garder son melon, s'écroula, assommé. Au même instant, la porte du living-room semblait jaillir de ses gonds et McClostaugh en compagnie de Tyler se ruaient dans la pièce. Pris au dépourvu, le journaliste vacilla sous le poids du constable qui le plaquait au sol comme un bon joueur de rugby tandis que le sergent se jetait sur l'Ecossaise pour lui arracher sa canne. Mais Imogène n'entendait pas se rendre sans combattre. Renonçant à comprendre quoi que ce soit à la collusion de McClostaugh et de Tyler avec l'assassin, ou, mieux, persuadée que le criminel les abusait, elle voulut empoigner son agresseur par la barbe. D'un brusque retrait du corps, McClostaugh lui fit manquer sa prise, puis, les jambes légèrement écartées pour mieux assurer son équilibre, il ferma son énorme poing et avec une vigueur où s'accumulaient toutes les rancunes nourries contre Miss McCarthery depuis trois années, il lui administra sous le menton un uppercut dont le marquis de Queensbury eût admiré la facture. Imogène ne vit pas arriver le coup. Dans les quelques centièmes de seconde de lucidité qu'elle eut encore après le choc, sentant ses pieds quitter le sol, elle pensa qu'elle montait directement au ciel où Marie Stuart se décidait enfin à l'appeler.

X

— Alors, docteur ?

Le docteur Elscott se redressa, abandonnant la tête d'Imogène sur l'oreiller.

— N'importe quelle femme normalement constituée aurait dû avoir la mâchoire fracturée. Celle-là en sera quitte pour quelques élancements douloureux la première fois qu'elle mangera ses œufs au bacon ! Sur ce, gentlemen, comme je préfère ne pas être là quand elle reviendra complètement à elle, je vous souhaite une bonne fin de nuit !

McClostaugh poussa un soupir de délivrance car, jusqu'à l'examen médical, il redoutait d'avoir tué Miss McCarthery. Hastings se tourna vers lui :

— Rassuré, hein, sergent ?

— Sûrement, inspecteur.

— Vous y avez été quand même un peu fort !

— Il y a si longtemps que j'en avais envie...

— Permettez-moi un conseil, McClostaugh : il serait, je crois, préférable qu'elle ne vous vît pas en ouvrant les yeux.

— C'est aussi mon avis.

— Eh bien ! rentrez à votre bureau. J'irai vous rejoindre tout à l'heure afin de rédiger mon rapport. Je crains, en dépit des souhaits du docteur Elscott, que nous ne dormions pas cette nuit.

Demeuré seul, Dougal Hastings s'installa au chevet de l'Ecossaise et attendit qu'elle revint à une claire notion des choses.

Beaucoup plus vite que lorsqu'on l'avait assommée devant sa porte, Imogène reprit pied dans la réalité. A travers ses paupières mi-closes, elle voyait Hastings et se figurait être prisonnière de l'assassin. Elle n'osait pas bouger les membres pour se rendre compte si elle était ou non attachée. Elle se risqua à un léger mouvement des poignets.

— Pourquoi feignez-vous de dormir, Miss Carthery ? Tôt ou tard, il faudra bien que nous ayons une explication... Alors, pourquoi pas tout de suite ?

Vexée, Imogène se redressa et déjà elle ouvrait la bouche pour exprimer ce qu'elle pensait au policier félon lorsqu'elle ressentit une violente douleur au bas du visage. En même temps, elle s'aperçut qu'elle était couchée dans son lit. La pudeur britannique l'emporta sur la peur et elle croassa plutôt qu'elle ne cria :

— Mrs Elroy !

— Ne vous fatiguez pas, Miss, nous sommes seuls.

Jamais encore Imogène ne s'était trouvée seule, en chemise de nuit, dans sa chambre, avec un homme. Elle en perdit tous ses moyens.

— Mais... qui m'a couchée ?

A son tour, l'inspecteur eut l'air gêné.

— Nous avons aidé le docteur Elscott...

— Nous ?

— Tyler et moi.

— Oh !

La colère, l'humiliation et la honte se partageaient le cœur d'Imogène. Elle se croyait déshonorée et se mit à pleurer. Attendri par cette naïveté, le policier s'approcha :

— Allons, allons, Miss, ni Tyler, ni moi ne sommes des jeunes gens... Pensez-vous que si vous aviez été accidentée sur la route, on ne vous eût pas soignée sous prétexte que vous étiez une femme ? Et vous aviez été si durement frappée...

Rageuse, elle haussa les épaules :

— J'en ai vu d'autres ? Ce n'est pas la pichenette de McClostaugh qui...

Et, sur-le-champ, tout lui revint en mémoire. Elle en oublia ses complexes pour demander, farouche :

— Et où est-il, ce Mc Clostaugh ?

— Dans son bureau, j'imagine.

— Il ne perd rien pour attendre !

Hastings sourit en songeant que le sergent n'était pas au bout de ses peines.

— Et McRae, qu'en avez-vous fait ?

— Il est en prison.

— En prison ?

— Et il n'en sortira vraisemblablement que pour aller au gibet.

Médusée, Imogène crut que l'inspecteur plaisantait :

— C'est... un mensonge, n'est-ce pas ? Enfin, je veux dire... vous voulez vous moquer de moi ?

— Non, Miss McCarthery. Sans préjuger des décisions de la Justice, je puis vous prédire qu'Hamish McRae sera pendu pour les meurtres de John Morton, d'Isla Duns et de David Syrett, tandis que Mrs Syrett partagera sans doute son sort pour complicité d'assassinats, à moins qu'elle ne finisse ses jours en prison.

— Mais c'est vous qui avez tué Isla Duns ! C'est vous qui m'avez tiré dessus à Leeds ! C'est vous qui êtes l'amant de Mrs Syrett ! C'est vous qui étiez à Maryport !

— Je n'ai pas tué Isla Duns, je ne vous ai jamais tiré dessus à Leeds, je ne connaissais pas Mrs Syrett et je n'avais de ma vie mis les pieds à Maryport jusqu'au moment où mon enquête m'y a mené !

— C'est faux ! Isla Duns elle-même m'a dit..

— Ecoutez, Miss, je vais aller préparer du thé et je vous expliquerai tout cela. Détendez-vous...

Lorsque le policier revint, portant le plateau du thé, Imogène inclinait à admettre qu'Hastings ne lui racontait pas d'histoire et qu'Hamish, cet hurluberlu d'Hamish, son compagnon d'équipée, risquait d'être pendu pour meurtres ! Complètement perdue, elle se demandait par quel enchaînement d'événements lui ayant échappé, le problème de la mort de John Morton pouvait se terminer de pareille façon ? En même temps qu'un complet désarroi face à l'invraisemblance de la chose, son amour-propre commençait à souffrir sérieusement à l'idée qu'elle avait pu être dupe, elle, l'héroïne de Callander ! Puis elle se vit la risée du pays et se mit à souhaiter la mort... Ah ! pourquoi cet imbécile de McClostaugh n'avait-il pas frappé plus fort ? Il est vrai que ces natifs des Borders ont du sang de navet dans les veines. Si un homme des Highlands l'eût cognée, elle ne serait plus de ce monde et échapperait ainsi aux humiliations l'attendant...

— Miss McCarthery, je crois sincèrement que, sans vous, j'aurais échoué.

Imogène sursauta, puis regarda son interlocuteur d'un œil soupçonneux. Voulait-il prendre une revanche particulière en devançant les autres dans les sarcasmes ?

— Je suis sincère, Miss... C'est vous qui m'avez indiqué la voie... Vous vous trompiez de gibier, mais la chasse était excellente... Aussi, je tiens tout de suite à vous dire non seulement ma reconnaissance, mais aussi que je ferai de mon mieux pour que chacun sache la part qui vous revient dans la solution de cette affaire.

— Mais, j'ai manqué vous assommer !

— Risque du métier... Je n'avais qu'à vous mettre au courant, mais sans doute n'auriez-vous pas joué aussi bien le rôle qui vous était dévolu ? Heureusement, j'avais pris la précaution d'amener le sergent et le constable...

— Comment saviez-vous que McRae serait là ?

— Parce que je pense vous bien connaître. En insistant pour que vous me receviez seule, j'étais à peu près certain que vous appelleriez McRae et j'ai attendu patiemment qu'il sortît de son journal pour prendre la route de Callander.

— En somme, j'étais le pantin dont vous tiriez les ficelles ?

— Pas du tout ! En fonçant comme vous l'avez fait, vous m'avez obligé à vous suivre et c'est ainsi que, sans vous en douter, vous m'avez amené au coupable. Je dois aussi beaucoup de remerciements à Mrs Elroy qui me rapportait vos propos.

— Rosemary me trahissait ?

— Non pas, Miss. Elle détestait McRae, persuadée qu'il vous mentait. Elle a eu confiance en moi pour vous protéger. Elle vous aime beaucoup !

— Tout le monde avait compris, sauf moi, alors ?

— Erreur ! Personne n'avait compris, mais parce que McRae est un peu trop négligé dans sa tenue, Mrs Elroy l'a pris en grippe. Vous voyez comme c'est simple ? Grâce à elle, j'ai réussi peut-être à vous sauver la vie à Leeds, vous tirer des mains du juge à Maryport et affoler suffisamment Mrs Syrett pour obliger McRae a vouloir me tuer, car il sentait que j'approchais du but

Vainement, Imogène cherchait à deviner, à l'aide de tout ce qu'elle avait appris au cours de son enquête, comment on en arrivait à la culpabilité d'Hamish qui ne l'avait guère quittée.

— Pourtant, Miss, il me faut vous adresser des reproches. Si vous aviez eu confiance en moi, si vous m'aviez parlé des soupçons d'Isla Duns, nous aurions été beaucoup plus vite sur la piste. Il m'a fallu vous suivre à Maryport, interroger Mrs Moremby pour apprendre que Morton et Isla Duns avaient servi en même temps dans cet hôtel et pour être mis au courant de l'accident des Syrett.

— Mais je ne pouvais rien vous dire puisque Isla Duns vous soupçonnait !

— Vous avez mal interprété sa première déclaration. C'est McRae qu'elle reconnaissait vaguement. En faisant part de son soupçon au journaliste, vous avez condamné la pauvre fille.

— Mais McRae était avec moi quand Isla m'a téléphoné !

— Ce n'est pas elle qui vous a appelée, Miss !

— Pas elle ? Et pourquoi ?

— Parce qu'elle n'aurait pas pu vous dire que je la suivais. Je n'étais pas à Callander ce soir-là, mais chez des amis, à Doune, où j'ai dîné. La jeune fille était déjà morte quand on vous a appelée...

— Mais qui ?

— Vraisemblablement la complice de McRae, Mrs Syrett ; comme c'est aussi probablement elle qui vous a tiré dessus au cimetière de Leeds. J'ai bien failli l'avoir à ce coup-là, mais elle avait une avance d'une centaine de mètres sur moi et le temps que je hèle un taxi, elle m'a semé... Vous avez cru que je voulais vous échapper, Miss, alors que je désirais mettre la main sur votre agresseur que j'ignorais encore être Mrs Syrett.

— Comment tout cela vous a-t-il amené à McRae ?

— Je ne comprenais pas pourquoi on s'amusait à détourner vos soupçons sur moi. C'était original mais dangereux, si dangereux que ce ne pouvait être une plaisanterie. Il fallait qu'on y fût obligé ! Et pour des raisons impérieuses ! J'avançais dans le noir lorsque Mrs Elroy m'a rapporté vos propos. De plus, la mort de Miss Duns confirmait qu'elle avait parfaitement reconnu celui qu'elle appelait « votre ami ». Or, je savais qu'il ne s'agissait pas de moi, McClostaugh et Tyler se trouvant hors de question, il ne restait donc que McRae.

Imogène ne renonçait pas à défendre le journaliste, mais au fond d'elle-même, elle n'ajoutait déjà plus foi à son innocence :

— Mais pourquoi ? Pourquoi ?

— J'ai appris très vite qu'il était du dernier bien avec Mrs Syrett qu'il rencontrait une fois par semaine à Newcastle. On pouvait donc envisager le plus vieux des motifs : se débarrasser du mari. Pourtant, qu'est-ce qui les empêchait d'avoir recours au divorce puisque la situation de Syrett se révélait médiocre ? Ainsi, je fus amené à découvrir l'existence d'une assurance-vie de trois mille livres sur la tête du mort. Tout s'enchaînait dès lors parfaitement. McRae voulait la femme et l'argent, d'où nécessité d'aller jusqu'à l'assassinat.

— Mais il n'a pas tué Syrett, puisque ce dernier a trouvé la mort dans un accident d'automobile !

— J'avoue que, là, je ne comprenais plus et c'est encore vous, Miss, qui m'avez remis, sans vous en douter, sur le bon chemin en soulignant — toujours devant cette chère Mrs Elroy — votre surprise quant au comportement de David Syrett à l'hôtel de Maryport, comportement qui ne cadrait absolument pas avec son caractère. Devait-on admettre que ce n'était pas Syrett qui accompagnait sa femme, mais McRae ? L'hypothèse était tentante et la colère prise par l'imposteur, en dépit du fait qu'elle ne cadrait pas avec le personnage qu'il jouait, s'imposait pour qu'on le remarquât. Dans quel but ? Sinon donner à penser que Syrett, qu'on allait retrouver carbonisé quelques instants plus tard, était encore vivant. Et si le propos de McRae se révélait tel, c'est qu'il s'était déjà débarrassé du mari. Dans ce cas, où se trouvait donc le corps du malheureux ?

— Tout cela est tellement incroyable...

— Tout est toujours incroyable, Miss, jusqu'au moment où les preuves sont sous les yeux. J'ai rouvert le dossier de l'accident. Une chose m'a frappé. Sous la violence du choc, la grosse malle en osier attachée à l'arrière de la voiture a été projetée suffisamment loin pour échapper aux flammes. Or, cette malle fut retrouvée vide. Les enquêteurs pensèrent à un pillage possible par des gens peu scrupuleux... Mais si cette malle avait été vide ?

— Pourquoi, alors, la transporter ?

— Pour y entreposer le corps de David Syrett.

— Quelle horreur !

— J'ai obtenu de Mrs Syrett qu'elle me donne les étapes du chemin emprunté par son mari et elle-même, de Leeds à Maryport. Je l'ai refait, m'arrêtant où le couple s'était arrêté. A Amblside, dans le Westmorland, la chance m'a favorisé. A l'auberge du *Cor et de l'Epée,* un garçon m'apprit qu'un chien avait déterré, quelques mois plus tôt, tout un lot de vêtements démarqués et abîmés par un long séjour en terre. Prévenue, la police avait classé l'affaire, le laboratoire n'ayant relevé aucune trace suspecte. Pour moi, je fus convaincu que Syrett avait été tué à cet endroit, la malle d'osier vidée pour y glisser le corps et que, de là, les meurtriers avaient gagné Maryport. Vous connaissez la suite.

Imogène ne voulait pas se rendre encore.

— Mais vous oubliez la gravité de l'accident et le fait que Mrs Syrett a eu la cuisse brisée !

— Non pas, Miss. Les deux meurtriers ont placé le cadavre dans la voiture. C'est vraisemblablement Mrs Syrett qui conduisait. Avant de jeter la voiture contre un arbre, elle a sauté et s'est fracturé la jambe. McRae a dû mettre le feu à l'essence qui s'échappait. Il fallait absolument qu'on ne puisse pas prouver que Syrett était mort avant l'accident !

— Mais vous ne pensez pas que Mrs Syrett a pris de bien gros risques ? Elle pouvait se tuer ?

Hastings haussa les épaules :

— Si vous faisiez mon métier, Miss, vous sauriez que les gens prennent n'importe quel risque quand l'amour et l'argent sont en jeu. En résumé, McRae et Mrs Syrett décident de se débarrasser de David dans un accident maquillé qui permettra à la veuve de toucher les trois mille livres d'assurance. Sagement, ils conviennent d'attendre assez longtemps pour se marier afin d'éviter des soupçons toujours possibles. Mais leur mauvaise étoile les fait se rejoindre pour quelques jours de vacances à Callander où Morton reconnaît McRae. Le journaliste ne peut courir le risque de voir se rouvrir l'enquête. Il tue Morton. Parce que vous dites au *Fier Highlander* que l'Anglais vous a pris pour confidente, il essaie de vous abattre. Puis il s'arrange pour rester à vos côtés afin de veiller au grain. Il comprend, d'après vos dires, que Miss Duns l'a remarqué et il la tue. Il s'amuse — car c'est un humoriste — à diriger vos soupçons sur moi, mais vous finissez par l'inquiéter. Il vous accompagne à Maryport et je pense qu'il a argué d'un prétexte pour ne pas vous suivre à l'hôtel ?

— C'est moi qui l'ai prié de me laisser aller seule.

— Cela arrangeait ses affaires. De toute façon, soyez assurée qu'il n'y serait pas entré. J'imagine qu'il ne s'est pas rendu davantage chez les Syrett ?

— Pour les mêmes raisons.

— Par contre, chez Mrs Syrett jeune, il a pu lui faire confirmer que j'étais son ami, ce qui vous a fortifiée dans vos soupçons... S'il m'avait abattu cette nuit, vous auriez témoigné qu'il se trouvait en état de légitime défense, vu ce que vous pensiez de moi ?

— C'est vrai.

— Ah ! il menait bien son jeu, si bien que je le soupçonne d'avoir perdu de vue son but, qui était d'innocenter Mrs Syrett, pour sacrifier au plaisir d'une farce tragique. Car, enfin ma mort n'aurait pas expliqué pour quelles raisons j'étais supposé avoir tué Morton et Miss Duns ? Il est vrai qu'il pouvait espérer voir classer l'affaire, ne sachant pas que mes collègues étaient au courant de mes doutes sur l'identité du faux Syrett à Maryport. Je pense que, de toute façon, il aurait perdu la partie. Voilà, Miss McCarthery, toute cette vilaine histoire. Mais, encore une fois, je vous répète que, sans vous, je ne serais pas parvenu à démasquer les coupables ! J'ajoute que, cette nuit, mes collègues sont allés interroger Mrs Syrett et qu'elle a craqué, passant aux aveux complets, persuadée que McRae avait tout avoué. On m'a téléphoné pendant que le docteur vous soignait. Grâce à vous, Morton et Miss Duns seront vengés, sans compter le pauvre David !

— Oui, mais qui le saura ?

A midi, le bar de Ted Boolitt regorgeait de clients et on y commentait avec passion les événements de la nuit. Le maire démontrait à qui voulait l'entendre que Miss McCarthery se révélait complice et, sitôt rétablie de la correction administrée par McClostaugh, on la conduirait en prison. Ted Boolitt et William McGrew, fort ennuyés et manquant d'arguments positifs, tentaient vainement de s'opposer à la véhémence d'Harry Lowden en expliquant qu'ils ne voyaient pas très bien les motifs qui eussent fait agir leur amie.

— Mais tout, simplement parce qu'elle est folle, Boolitt ! Vous n'avez jamais voulu vous en rendre compte, et aujourd'hui vous êtes bien forcé d'en convenir : c'est une criminelle ou une folle !

Mrs Boolitt, ayant entrebâillé la porte de sa cuisine, savourait une merveilleuse revanche. Lorsque l'inspecteur Dougal Hastings entra, il se creusa un grand trou de silence. Souriant en lui-même de l'attention dont il était l'objet, il s'appuya au bar et commanda un verre d'ale. Il devinait que tous brûlaient de le questionner, sans toutefois oser le faire. Ted s'y décida le premier.

— Alors, c'est fini, inspecteur ?

Hastings reposa lentement son verre :

— Oui, c'est fini... Une sale histoire, rudement compliquée... et dont on ne serait jamais sorti si Miss McCarthery n'avait accepté de nous donner un coup de main !

Ted Boolitt et William McGrew crurent voir le ciel s'entrouvrir tandis qu'Harry Lowden trouvait subitement que son whisky avait un drôle de goût. Une longue rumeur courut parmi l'assistance. Peter Cornway se glissa au premier rang :

— Ainsi, c'est Miss McCarthery... ?

L'inspecteur, qui ne tenait pas à trop parler et qui savait, d'expérience, qu'il valait mieux laisser l'imagination des Ecossais inventer les raisons de croire à la sagacité de leur compatriote, se contenta d'ajouter :

— ... Une femme comme on en rencontre peu ; comme, personnellement, je n'en ai jamais rencontré...

Et, promenant un regard convaincu sur ces hommes qui l'entouraient, il laissa tomber :

— Une femme dont tous ses compatriotes peuvent être fiers... Combien vous dois-je ?

Mais Ted Boolitt n'allait pas réclamer de l'argent à celui qui assurait le triomphe de sa cause.

— Je vous en prie, sir... C'est un honneur pour moi...

— Merci... Au revoir, gentlemen.

Quand Hastings eut refermé la porte derrière lui, Ted Boolitt se contenta de demander avec un écrasant mépris :

— Et alors, Mr Lowden ?

Ravaudant les chaussettes de son mari Léonard, Mrs Elroy tenait compagnie à Imogène qui ne se sentait point le goût de sortir. Elle ne souffrait plus du coup reçu mais, en dépit des assurances données par l'inspecteur Hastings, elle se rendait parfaitement compte, que, sans le policier, John Morton et Isla Duns n'auraient jamais été vengés. Elle en éprouvait une humiliation cuisante à laquelle venait s'ajouter sa défaite des mains du sergent McClostaugh. Tout Callander devait déjà se trouver au courant et ce serait déjà beau si, se rappelant son intimité avec l'assassin, on ne la tenait pas pour complice ! Morose, Miss McCarthery envisageait un exil définitif.

Mrs Elroy, par contre, jurait par tous les saints

d'Ecosse que ce maudit McClostaugh qui s'était si mal conduit avec Imogène ne l'emporterait pas en paradis. Pour appuyer ses dires, elle brandissait la petite boule en acier dont elle se servait pour repriser les chaussettes de son mari et qui lui avait été donnée dans son enfance, du temps qu'elle gardait les moutons sur la lande. Entortillée dans un bas, cette boule, maniée par un bras robuste, devenait une arme redoutable contre les rôdeurs susceptibles d'ennuyer les bergères. A la vérité, Mrs Elroy n'avait jamais eu l'occasion de s'en servir, mais elle la gardait comme un fétiche. Avec cette boule dans sa poche, elle se sentait partout en sécurité. Elle la posa sur la table pour admonester Miss McCarthery.

— Jamais je ne vous ai vue dans des états pareils, Miss Imogène ! Pourquoi prenez-vous les choses tant à cœur ? C'est tous les jours que de braves filles se font tromper par des garçons sans foi ni loi. Vous n'êtes ni la première, ni la dernière... Moi, il ne me plaisait pas, ce McRae... Un homme qui porte du linge sale quand il a les moyens d'en changer ne peut pas être honnête...

— Je ne pense même plus à McRae, Rosemary.

— Alors, qu'est-ce que vous avez ?

— De la peine...

— Pourquoi ?

— Parce qu'il me faudra quitter pour toujours Callander.

— En voilà une idée ! Et pour quelles raisons partiriez-vous ? Vous êtes chez vous ici, non ?

— Tant que les autres m'y acceptent...

— Les autres ? Quels autres ?

Miss McCarthery eut un geste vague qui, à travers les murs, englobait tout le comté de Perth.

— Mes ennemis, ceux qui ne peuvent pas me souffrir et qui seront trop heureux de sauter sur l'occasion pour me rendre l'existence impossible.

— C'est ce qu'on verra ! Je suis là, moi !

Imogène embrassa la vieille femme.

— Chère Rosemary...

Une clameur assourdissante, venue du dehors mais toute proche, les sépara. Elles se regardèrent, un brin d'affolement au fond des yeux. D'une voix sans timbre, Miss McCarthery dit seulement :

— Les voilà...

Mrs Elroy souleva un coin du rideau et le laissa vivement retomber. Emue, apeurée, elle se tourna vers Imogène :

— Ils sont au moins une centaine à crier devant la porte du jardin et ils brandissent des pancartes. Je n'ai pas pu lire ce qu'il y avait d'écrit dessus, sûrement des choses indignes d'une honnête femme... J'ai reconnu ce bandit de McClostaugh au premier rang, à cause de sa barbe...

Les cris redoublant, elle ajouta toute pâle :

— Si on téléphonait à Perth ?

Sans répondre, Imogène, en proie à une véritable panique, prit le combiné, mais, dans ce mouvement, son regard passa sur ses photographies. Devant les yeux sévères de Robert Bruce, ceux étonnés de son père et la déception dont semblaient remplis ceux de Douglas Skinner, elle eut l'impression de recevoir un coup de fouet. Elle reposa l'appareil. Mrs Elroy murmura :

— Vous n'appelez pas ?

— Non !

Comment avait-elle pu songer à fuir son dernier combat ? Une colère farouche l'agitait non seulement contre ceux qui hurlaient à sa porte, mais contre elle-même. Allait-elle refuser le sort qui fut celui de sa reine bien-aimée ? Elle se redressa. Elle méprisait les gens de Callander et leurs injures. Elle était de nouveau Marie Stuart face à sa rivale triomphante, et seule, alors que son ennemie s'entourait de soldats, de juges et de bourreaux. Calme, résolue, digne, elle se dirigea vers la porte. Affolée, Mrs Elroy cria :

— Vous sortez ?

— Il ne faut quand même pas qu'ils s'imaginent me faire peur !

— Mais ils risquent de vous maltraiter !

— Il en sera comme Dieu voudra !

Elle ouvrit et les hurlements de la foule envahirent la pièce. Elle eut encore un frisson qu'elle réprima et s'avança en bandant toute son énergie. Mrs Elroy prit son balai et, en larmes, la suivit.

Debout sur son petit perron, face à la meute pleine de cris, Miss McCarthery eut comme un éblouissement. Elle ferma les yeux et serra les mâchoires. Dans l'espèce de brouillard qui l'environnait, où elle respirait avec peine, elle mit un certain temps avant de percevoir le sens des mots qu'on rugissait à quelques pas. Soudain, elle réalisa qu'on scandait :

— Hip ! Hip ! Hurrah pour Imogène !

Elle tituba comme ivre et ne se retrouva que lorsque Mrs Elroy, riant et pleurant à la fois, la secoua par le bras en lui disant :

— Mais... mais ils vous acclament !

Elle releva les paupières et, regardant la foule, aperçut au premier rang Ted Boolitt, William McGrew, Peter Cornway, Ned Billings, McClostaugh et Tyler. Elle lut sur les pancartes :

Honneur à Miss McCarthery !
Callander remercie Miss McCarthery !
Callander est fier de Miss McCarthery !
Hurrah pour Imogène !

Elle se dressa alors de toute sa hauteur et les bras au-dessus de sa tête, lança :

— Hurrah pour Callander !

Un tonnerre d'applaudissements et de cris lui répondit :

— Allez leur ouvrir, Rosemary, mais n'en laissez entrer que quelques-uns.

Puis elle regagna le living-room pour y attendre l'hommage de ses compatriotes.

Grâce à la poigne de McClostaugh, seuls les supporters fidèles de l'Ecossaise purent pénétrer dans la maison. Le sergent crut de son devoir de les accompagner et laissa Tyler avec le reste des manifestants pour contrôler et endiguer leur enthousiasme. Miss McCarthery, savoura des minutes uniques lorsqu'elle les vit s'avancer, la casquette à la main, amicaux et gênés. Au nom de tous, Ted Boolitt prit la parole :

— On est venu vous dire, Miss McCarthery, qu'on est fier de vous ! L'inspecteur de Glasgow nous a tout raconté et comment, ayant compris qui était le meurtrier de Mr Morton et de Miss Duns, vous l'avez embobiné pour le mettre en confiance, pour l'obliger à se découvrir et ça, au péril de votre vie ! C'est grandiose, Miss McCarthery !

Si l'inspecteur Dougal Hastings avait été présent, il se serait félicité d'avoir fait confiance à l'imagination écossaise pour inventer ce qu'il n'avait pas dit et faire coïncider la vérité et la légende. Pour Imogène, ne se souvenant plus de ses angoisses premières, elle croyait en toute bonne foi à ce que racontait Ted Boolitt. Elle donna même quelques précisions supplémentaires pour enrichir le tableau et, ayant prié ses hôtes de s'asseoir, elle évoqua pour eux le récit de l'attentat dont elle fut victime au cimetière de Leeds, transforma ses adversaires de Maryport en complices de McRae et brossa de son aventure une sorte de chanson de geste qui impressionna fortement ses auditeurs. Seule, Mrs Elroy ne « marchait » pas complètement, mais en fille des Highlands, elle n'allait pas se mettre à préférer la vérité au mensonge, surtout si ce dernier se révélait plus agréable. Pendant qu'on servait le whisky, Miss McCarthery, ronronnant de plaisir, écoutait les éloges de chacun et Ted la mit au bord des larmes en déclarant avec une solennité émue :

— C'est votre père qui serait content, Miss Imogène !

Lorsqu'on eut trinqué à la défaite des méchants, à la gloire de l'Ecosse, au courage de Miss McCarthery, à la revanche de Culloden, à l'avenir de Callander, à la défaite d'Harry Lowden aux prochaines élections municipales, il n'y avait plus de whisky, mais l'euphorie et l'amitié atteignaient à leur comble. Le sergent McClostaugh crut le moment propice pour procéder à une sorte d'autocritique. Pesamment, il se leva :

— Miss McCarthery, je tiens à vous adresser mes excuses devant tous. Je vous ai méconnue. Je n'ai pas deviné tout de suite la femme exceptionnelle que vous êtes. L'inspecteur Hastings ne m'avait pas expliqué votre rôle dans cette histoire et c'est pourquoi, vous croyant complice de ce McRae, je vous ai sauté dessus...

Le whisky ingurgité rendait Imogène apte à tous les pardons.

— N'en parlons plus, Archie.

Une pareille grandeur d'âme s'accompagnant d'une si compréhensive familiarité troubla profondément le sergent.

— Merci, Miss McCarthery... Je n'oublierai jamais... Et pour l'uppercut que je vous ai collé au menton, j'espère que je ne vous ai pas trop fait mal ? C'est que, dans ma jeunesse, j'ai été champion de la police dans la catégorie des welters... Alors, il m'en reste quelque chose, n'est-ce pas ?

McClostaugh gâta sa cause, car Imogène gardait un amer souvenir de son knock-out prolongé. Elle se força pour garder le sourire :

— Cela aussi est oublié, McClostaugh, mais permettez-moi de rectifier une erreur : ce n'était pas un uppercut, mais un crochet du droit porté de bas en haut !

— Ah ! permettez, Miss, c'était un uppercut !

— Jamais de la vie ! Un crochet du droit !

L'attention de tous se cristallisa sur cette discussion passionnante et comme les deux adversaires s'entêtaient dans leur conviction respective, Peter Cornway, le coroner, pria Miss McCarthery de se lever pour procéder à une reconstitution. Sous l'œil critique de l'assistance, le sergent porta au ralenti un uppercut au menton que lui offrait Imogène. L'opinion fut unanime ! Il s'agissait bien d'un uppercut et des plus classiques ! Archibald prit un air supérieur qui acheva d'exaspérer l'Ecossaise.

— Il en serait indiscutablement ainsi, gentlemen, si McClostaugh m'avait frappée de cette manière, mais je suis au regret de le contredire, les choses ne se sont pas passées de cette façon !

Le sergent ricana :

— Eh bien ! à votre tour, Miss. Montrez à ces gentlemen de quelle manière j'ai porté mon coup à votre avis. Ils jugeront !

Et il tendit un menton méprisant à Imogène qui, galvanisée tout à la fois par le souvenir de sa défaite humiliante et par toutes les rancœurs qu'elle nourrissait envers McClostaugh, se détourna légèrement pour prendre un peu plus d'élan et de toute sa hargne frappa son rival d'un crochet du droit avec un « han » indiquant assez qu'elle ne plaisantait pas. Archibald qui attendait, le corps mou, les bras ballants, persuadé d'être seulement effleuré, ouvrit brusquement et largement les paupières — on vit son regard devenir atone — puis il oscilla une fraction de seconde avant de s'écrouler d'une masse, en avant, foudroyé.

Il y eut un instant de stupeur. Incrédules, les assistants contemplaient alternativement le corps étendu à leurs pieds et Miss McCarthery. Cette dernière en profita pour déclarer fermement :

— C'est ainsi qu'il m'a frappée, gentlemen, et vous pouvez le constater : il est tombé comme je suis tombée !

Ils ne savaient que dire et, finalement, Ted Boolitt résuma l'opinion générale :

— C'est formidable ! Un homme de plus de cent

quatre-vingts livres ! D'un seul crochet du droit... et une femme !

Alors, cédant à l'enthousiasme qui agite toujours les sportifs devant un exploit qui dépasse le commun, ils voulurent porter Imogène en triomphe. Elle s'y refusa avec beaucoup de dignité. Pendant ce temps, Mrs Elroy, à grand renfort de linges mouillés et de sels, s'occupait de faire revenir McClostaugh à la vie. Elle y parvint. McGrew et Boolitt aidèrent le sergent à se relever. Visiblement, il n'avait pas encore conscience de l'endroit où il se trouvait. Ils l'emmenèrent, titubant. Avant de sortir, Peter Cornway tint à exprimer le sentiment de tous :

— Ce que vous avez fait avec ce McRae, Miss McCarthery, c'était déjà quelque chose, mais ce crochet du droit avec lequel vous avez étendu raide McClostaugh, c'est plus fort que tout ce qu'on a vu dans les Highlands jusqu'à ce jour ! Je suis sûr que nos petits-enfants en parleront encore ! Il n'y a pas une femme qui vous arrive à la cheville, Miss McCarthery, et nous sommes fiers d'être vos compatriotes !

Lorsque la rumeur des acclamations se fut amenuisée en direction de Callander, Imogène, à qui le whisky et la joie du triomphe troublaient un peu la cervelle, se tourna vers Mrs Elroy qui la contemplait d'un œil sévère :

— Je pense que, désormais, Archibald McClostaugh ne me cherchera plus noise ! Avez-vous vu, Rosemary, comme je l'ai mis hors de combat d'un seul coup ?

Alors, la vieille femme, d'une voix pleine de reproche :

— Avec ma boule d'acier dans la main, ce n'était pas bien difficile !

FIN

PAPIER À BASE DE FIBRES CERTIFIÉES

JC Lattès s'engage pour l'environnement en réduisant l'empreinte carbone de ses livres. Rendez-vous sur www.jclattes-durable.fr
L'empreinte carbone en éq. CO_2 de cet exemplaire est de 400 g

Dépôt légal : novembre 2010

Achevé d'imprimer en France en juin 2025
par Dupliprint à Domont (95)
N° d'impression : 2025060737 - N° d'édition : 5222518/09